집의 일기

집의 일기

박성희 에세이

어딘가에 내 집이 있다.

내가 지은 집이 있다.

무엇이든 내가 좋아하는 일을 할 수 있는 집.

차례

#집을 짓다

내 마음에 꼭 드는 창 하나

#봄

왜 이제야 이 기쁨을 알게 되었을까

#여름

한가하고 게으른 시간의 긴 꼬리

#가을

고요하게 반짝이는 날들

#겨울

달빛을 따라 눈 덮인 산길을 걸었다

#집을 짓다

내 마음에 꼭 드는 창 하나

결정

옛날에 서울 사람들은 서울의 바깥을 다 시골이라고 했다. 시골에 집 짓기. 집을 짓는다고 하면 사람들은 왜 하나같이 부정적인 말만 할까? 어떻게 살려고? 추워! 일이 많다, 관리가 힘들다……. 완곡하게 표현해서 그 정도지 마음속으로는 이런 말을 하고 싶었을 것이다. 늙어서 뭐 하려고 집을 지어? 그 돈 있으면 편하게 먹고살면서 여행이나 다니지. 심지어 집 짓는 일을 업으로 하는 사람조차 관리가 힘들고 일이 많다며 계속 말린다. 춥고 끊임없이 손이 갈 거란다. 엄청나게 빨리 자라는 잡초 때문에 얼마나 힘이 드는지부터 얘기한다. 결론은 짓는 과정에서부터 사는 동안 내내 골치가 아플 거라는 것. 하지만 나는 지어진 집과 주어진 환경에 대해 불평하지 않을 자신이 있다. 오랫동안 생각해서 내린 결정이니까.

집. 집은 공간만을 뜻하는 말이 아니다.
살고 싶은 생활 방식이다.

나는 그저 내가 좋아하는 색깔과 내가 좋아하는 공기와 냄새, 내가 좋아하는 소리를 들으면서 살고 싶을 뿐이다. 이것이 집을 짓는 목적이다. 그래. 그냥 그렇게 살고 싶은 대로 짓고 싶다. 그런데 사람들은 하면 안 된다는 말만 한다. 앞마당 끝에 축대를 쌓아라, 안 그러면 흙이 무너진다, 뒷담에도 돌을 쌓아야 흙이 흘러내리지 않는다, 벽이 하얀색이면 난로의 그을음 때문에 금방 시커메진다, 복도가 좁다, 화장실이 좁다, 앞 베란다가 좁다, 지붕 천장이 높다……. 그런데 왜 정작 우리들이 사는 아파트에 대해서는 그렇게 불평하지 않을까. 현관이 좁다, 부엌이 작다, 천장이 낮다, 마당이 없다, 공기가 안 통한다, 이웃 소리가 다 들린다, 감자 한 박스 둘 자리가 마땅치 않다, 라고 불평하지 않을까? 어차피 아파트니까, 아파트는 주어진 대로 사는 곳이니까 당연히 감수하며 사는 것인가? 물론 지어진 대로 사는 게 편할 수도 있다.

그런데 그게 안 되는 사람들이 있다. 나 역시 그러하다.

하얀 벽. 때가 좀 타도 괜찮다. 너무 더러워지면 칠하면 된다. 이 방도 흰색 벽지로 도배를 한 지 십 년이 넘었지만, 생각처럼 그렇게 쉽게 더러워지지 않았다. 눈부셨던 흰색은 시간과 빛을 받아들여 자연스레 바래었고, 이런 색이 마음에 들어 누워 천장을 바라보며 좋아한다.

같은 마음으로 나는,
그렇게 맘에 꼭 드는 창 하나를 갖고 싶은 거다.

바깥 하늘에서 달이 뜨고 달이 지는 풍경을 집 안에서도 보고 싶은 거다. 가꾸지 않아도 잘 자라는 들판의 풀들처럼, 내버려 두어도 잘 자라는 풀들이 가득한 마당을 갖고 싶은 거다.

나에게 집이란 조금 남다른 의미가 있다. '집' 하면 아버지가 떠오르고, 이어 어린 시절이 떠오르고 내가 살아온 그 세월의 모든 집이 떠오른다. 태어난 집은 생각나지 않는다. 부산 동대신동 이 가의 전차길 옆 이층집이라고 하는데 기억에 없는 것이 당연하다. 좀 자란 다음, 저기에 그 집이 있었다는 정도로만 기억했다. 그 다음 집은 진주여학교 안에 있던 사택이다. 집의 전체 모양이나 규모, 방들은 생각나지 않는데 그 마루에서 가지고 놀던 유리로 만든 소꿉, 작은 그릇, 접시 같은 것에 대한 기억은 생생하다. 지금은 흔한 이런 모든 것들이 귀하던 시절이었다. 6·25전쟁 직후라 전쟁의 기운은 여기저기에 남아 있었다. 캄캄한 밤이 오면 공비가 출몰하여 큰 주머니 속에 나를 담아 잡아가는 꿈을 꾸었다. 그리고 마산으로 이사를 갔다. 이곳이 내 기억에서 또렷한 첫 번째 집이다. 니은 자 모양 집의 앞뒤로 나무가 빽빽했고 그 어딘가로는 개울이 흘렀다. 감나무 여덟 그루도 기억이 난다. 밤이면 뒷마당 대나무 숲에서 부는 바람 소리가 무서웠다. 이듬해 진주로 다시 이사를 와서 초등학교 일 학년에 입학하였고 토마토가 주렁주렁 열리는 넓은 채마밭이 딸려 있는 집에 살았다. 그 가을엔 새벽에 일어나 떨어진 감을 주웠다.

어릴 적 내 기억 속의 집들엔 온통
넓은 바깥과 꽃과 나무가 무성하다.

대학에 들어가면서 일 년의 대부분을 서울에서 지내게 되었지만, 집은 언제나 돌아가고 싶은 곳이었다. 그리움이고 안타까움이었다. 결혼을 하고 아파트 생활을 하면서도 항상 그곳으로 돌아가고 싶었다. 내가 살고 싶은 집은 어릴 적 추억이 쌓여 있는 그 집들이었다. 결국 아파트에서 이 생을 마감하게 될 거라는 사실이 견디기 힘들었다. 아파트에서 요양원으로 이어지는 삶. 나는 그 틀에 갇히고 싶지 않았다. 그리고 이런 생각을 할 때마다 가슴이 뛰고 잠이 오지 않았다.

좋아하는 것은 거저 얻어지는 법이 없다. 과거의 나는 매번 너무 쉽게 물러났다. 가장 좋은 것을 포기하고 두 번째에 만족하는 타협을 자주 했다. 하지만 가장 좋은 것을 양보하면, 가장 좋아하는 것을 얻을 수 없다. 이제 내 생애의 마지막 장에서 해야 하는 최대의 결정을 앞두고, 나는 물러서기가 싫다.

실행

다시 독해진 날씨. 추운 겨울을 잘 넘기나 했는데 갑자기 감기가 덮쳐왔다. 이번 한 번만 잘 넘기면 올 겨울은 갈 것 같다.

견적서를 검토했다. 예상했던 것 이상으로 나온 금액에 고민이 깊어간다. 현재의 상황을 뚫을 수 있는 방안을 모색해야 한다. 역시 디자인에 따르는 비용을 무시할 수가 없다. 최소한으로 비용을 낮출 수 있는 방법을 생각해보기로 했다. 다락방을 포기하고 외벽 벽돌과 창호 등의 사양을 낮춘다.

지금껏 내가 원하는 대로만 살아오지는 않았다. 부모님의 뜻을 존중하고 남편과 아이들의 입장에서 최선의 길을 찾으며 살았다. 그런데 집을 지으며 오로지 내 뜻대로 하려고 하니 애초에 나를 흥분케 했던 가슴 벅찬 기쁨은 조금씩 옆으로 밀려나고 오히려 약간의 두려움 같은 것이 자리를 차지하려고 한다. 워낙에 과감한 성격은 아니므로, 애초에 '과감히' 행동에 옮기는 것은 자신 없는 일이었지만 조금씩 조금씩 나아가다 보니 이제 거의 실행 단계에 이르렀음을 느낀다. 지금까지 별 무리 없이 흘러왔던 대로 앞으로도 무사히 일이 진행되리라 믿는다.

터 잡는 날

그곳은 배추가 자라는 땅이었다. 비 오는 날 운무에 가린 앞산, 금당산은 신비하게 마음을 끌어당겼다. 첫눈에 반한다는 말을 흔히들 쓰지만 그런 일은 살면서 경험해보지 못했다. 그런데 유포리를 처음 보던 날, 첫눈에 마음을 빼앗기고 말았다. 집에 돌아와서는 밤에 잠이 오지 않았다. 그렇게 그 땅과 인연을 맺었다.

배추, 무, 감자……. 씨 뿌리면 뿌리는 대로 땅은 충직하게 길러내어 주었다. 그 땅이 너무 편안하고 아름다워서, 그곳에 집을 짓고 싶다는 나의 욕심이 미안할 정도였다. 그럼에도, 집을 짓는다는 생각을 하면 자꾸 가슴이 두근거렸다. 꿈에서도 나는 그 땅을 집으로 삼았다.

터 잡는 날. 날씨도 좋았고 사람들은 모두 즐거웠다. 해냈다. 생애 처음으로 하고 싶은 일을 해냈다. 어느 누구에게도 구애받지 않고 눈치 보지 않으며, 약간의 무리를 감수하면서 해낸 일이다. 내 삶의 태도가 바뀌는 것 같다. 이 편안한 땅에 영혼을 치유할 수 있는 집이 들어서기를 갈망한다. 마음에 조그만큼의 거리낌도 없어서 그냥 편안하게 일이 진행될 것만 같다. 일 미터 가량 안쪽으로 옮기고 방향은 그대로 두어도 무방할 것. 예상했던 것보다 땅의 크기에 비해 집이 크다는 느낌이 든다.

라벤더를 심을 거야.

눈 뜨면서 유포리를 생각하면 가슴이 뛴다.

용기가 필요해

오늘은 지붕에 콘크리트를 부었다. 서울보다 시원하고 공기가 맑아 새파란 하늘에 하얀 구름이 선명하게 떠 있었다. 집은 잘 지어지고 있다. 그런데 아직도 집이 크다는 느낌을 지울 수가 없다. 아무래도 땅을 너무 많이 차지했다. 흙 위에 선을 그어 놓았을 때에는 작다고 생각했는데, 그 크기를 실감하기 시작하니 조금 겁이 난다.

작고 조용하게 있고 싶었는데. 아주 조그맣게…….
그러나 마음은 숨길 수 없는 것인가 보다.
그 마음 한가운데 약간의 욕망이 있었던 것을.

집 짓는 사람들은 한결같이 집이 잘 설계되었고 또 잘 지어지고 있다고 말한다. 집이 모양을 갖추며 올라갈수록 마음의 짐도 조금씩 커진다. 원하는 것을 얻을 때에는 그만한 부담을 안아야 한다. 어쩔 수 없다. 지금까지 나는 그 부담이 싫어서 모든 것을 미루고 양보하고 살았다. 내게 용기를 주는 사람이 필요하다.

생애 가장 큰 모험

추운 날씨다. 우리들의 노년은 어떻게 될 것인가. 앞으로 십 년, 이십 년, 점점 더 힘들어질 것이다. 어떻게 살아야 하는지, 어떤 방식으로 살아가야 하는지를 끝끝내 고민해야 할 때, 내가 선택한 방법은 큰 모험이었다.

나는 지금 내 생애 가장 큰 모험을 하고 있다.

집 짓기는 마무리 단계에 들어서 벽돌 작업 일부가 남았다. 다음 주에는 지붕에 징크를 씌우게 될 것이다. 어제와 오늘, 실내에서는 스터코 작업을 하고 있다. 외벽의 비계를 떼어내니 정리된 바닥 위에 서 있는 집의 모습이 아주 단정하다. 걱정했던 바와는 달리, 외벽과 창 모두가 평범하면서도 단순하고 깔끔하다. 특히 지붕과 벽 색깔이 마음에 든다.

무심한 듯 따뜻한 색깔이다. 흰색 천장과 흰색 벽에 회색 타일과 오크 마루가 깔린 집. 올해 그 집을 갖게 된다. 그리고 그 집과 함께 남은 시간을 보내게 될 것이다. 가끔씩 불안감에 빠지기도 하고, 아주 잠깐씩은 의구심이 들기도 했지만, 큰일 없이 여기까지 왔다. 예정된 일정에서 아주 많이 늦어졌어도 이제 별 탈은 없을 것이라는 확신이 조심스럽게 든다.

집은 이렇게 지어지는 동안
천천히 천천히 마음에 들어왔다.
그리고 시간이 지날수록 점점 더 가까워진다.
신기하다.
올해 들어 가장 마음이 편안하다.
감사한 일이다.

어딘가에 내 집이 있다

집을 짓는다는 것은 콘크리트와 나무와 유리로 공간을 만들어내는 것 이상의 그 무엇이다. 삶의 흐름을 바꿔놓고 생각과 행동을 변화시키고 무엇보다 시간을 되찾아준다. 지나간 시간과 현재의 이 순간들, 어쩌면 지나쳤는지, 잊었는지도 모를 시간을 다시 살아나게 한다. 시간과 기억이 어우러져 이 모든 것이 구름처럼 떠 있는 곳, 그곳이 집이다.

동사무소에 들러 건축물 대장을 떼고 평창군청 담당자에게 전화해서 취득세 관련 문의를 했다. 걱정했던 것보다는 적은 액수다. 휴~ 안도한다. 공연히 마음을 졸였다. 서류를 떼어준 직원이 기뻐해준다.

"땅을 사셨어요? 집을 지으셨어요? 우와! 좋으시겠어요.

저도 시골집을 사서 고쳐서 사는 게 소원인데."

"지금부터 바라면 칠십 살쯤에 할 수 있어요."

내가 집을 지었다. 건축물 대장을 손에 쥐었을 때의 뿌듯함이란.

어딘가에 내 집이 있다.
내가 지은 집이 있다.
무엇이든 내가 좋아하는 일을 할 수 있는 집.

#봄

왜 이제야 이 기쁨을 알게 되었을까

봄의 소리

봄은 산골에 먼저 오는 것 같다.

어제는 미세먼지가 심한 것 같았는데 오늘은 하늘이 파랗게 맑다. 뒤뜰의 흙을 긁어 퇴비와 섞은 뒤 잔디씨를 뿌렸다. 흙은 살짝만 덮었다. 씨를 넉넉히 뿌렸으니까 뭔가 나긴 날 것이다. 제발 잘 나와 주기를.

앞마당에 나갔더니 눈 녹은 땅에서
아주 작은 소리가 났다.
그럴 리가 없는데,
땅이 숨 쉬고 봄이 오는 소리가 정말 들린다.

겨우내 눈 속에서 말라 얼어 죽은 줄 알았던 시든 톱풀 아래, 냉이잎을 닮은 연둣빛 어린 새싹이 돋아나 있었다. 아,

이럴 수가. 눈보라 속에서도 새싹이 돋았구나. 겨울 시금치처럼 땅에 바싹 붙어 기어가듯 돋아나는 식물이 추위에 강한 거로구나. 자세히 보니 냉이, 질경이 잎 같이 생긴 작은 식물도 죽은 것이 아니었다.

아, 봄이다.

집에게 말을 건넨다

내 집은 내가 사는 집이고, 이웃집이 내가 매일 바라보고 사는 집이다. 그러니 아름다운 이웃집을 바라볼 수 있다는 것은 복이다. 아침에 일어나서 바로 바라보게 되는 작은 네모 창. 하루를 열어주는 창. 저곳을 가리는 나무는 심지 말아야겠다.

가져온 짐을 풀어, 책더미를 펼쳐도 보고 책장에 세워도 놓으면서 드는 생각. 사람도 행복하고 책도 행복하다. 열어놓은 창으로 새들이 이야기하는 소리가 들린다. 책들도 이 소리, 이 풍경을 함께 듣는다. 집을 돌보며 집에게 말을 건넨다.

집과 함께 살아요. 이 집과 함께.
이 집을 지어주신 분들께 감사해요.

느리게 마음먹고 한가하게 기다리고

너무 서둘렀나?

봄이 왔다가도 다시 눈이 오고, 유포리의 봄은 한 발짝씩 더디 온다. 평창에는 삼 주째 계속 눈이 내렸다. 마을은 잠자는 듯 고요하다. 봄이 미뤄지니 마음도 느리게 움직이고 있나 보다. 해마다 이맘때면, 봄이 쉽게 가버릴 것 같아 왠지 모르게 초조하고 안타까워 마음이 달궈졌는데, 느리게 마음먹고 한가하게 기다리다 보니 마음속에서 봄이 아주 오래오래 머문다. 수선화 싹이 머리를 뾰쪽뾰쪽 내밀며 자라고 있다. 빨간 튤립 싹이 여기저기서 신고를 한다. 눈 속에서도 봄이 다가오고 있음을 본다.

꽃은 보지 못해도 시간은 황홀하고,
겨울과 봄 사이의 산길을 걸으며
옛이야기는 끝이 없다.

설레는 날들

봄날은 멈칫멈칫 멀리서 다가와 가까이 올 듯 애만 태우고, 땔감 떨어진 실내는 겨울보다 더 으스스 춥다. 온갖 노고를 쏟은 다음에야 어렵게 꽃봉오리를 틔우는 봄을 맞으며 생의 기쁨을 새로이 알아간다. 겨울을 꿋꿋이 견뎌내는 인내심만이 봄의 향연을 즐길 자격을 부여받는다.

산자락에는 이팝나무 꽃이 하얗게 피었고, 멀지 않은 산에 벚꽃도 아스라이 피어났다. 산벚꽃은 아직 잎이 나지 않은 나무 사이에서 그저 하늘하늘 날아가듯 피었다.

어제는 늦게까지 풀을 뽑다가 너무 피곤해서 그냥 집으로 들어와버렸다. 루피너스와 에키네시아가 엉겨서 뿌리내린 곳이 많아, 일일이 캐내어 포기를 가르고 따로 심었는데, 물을 주지 않고 일을 놓은 것이 밤 동안 내내 걱정이 되었다. 아니나 다를까, 아침에 보니 축 늘어져 있다.

물만 잘 주어도 대부분의 식물은 살아나는데,
그 간단한 걸 제때 해주지 못해 죽일 때가 있다.

아직도 뜰에는 빈 자리가 많지만, 얼마 지나지 않아 색색으로 피어날 꽃들이 눈앞에 아른거려 내 마음은 벌써 벅차오른다.

어느새 잔디가

비가 종일 내렸지만 바깥에 나가 씨 뿌려 놓은 곳들을 살폈다. 어저께까지도 안 보이던 뭔가가 나온 것 같아 자세히 들여다봤더니 아주 가는 잔디 순이 올라오고 있었다. 이 주일 만에 싹이 텄다. 뒷마당에는 안 나온 줄 알았는데 거기에도 줄을 지어 싹이 돋아나고 있었다. 여태 보이지 않던 식물들의 싹도 보인다. 이렇게 날이 차가워도 식물들은 부지런히 싹을 틔우고 있었던 거다. 오늘은 비가 와서 안 되겠지만 씨를 빨리 더 뿌려 주어야겠다.

자연은 이름 그대로 스스로 자리를 찾아간다.
가능하면 손을 많이 대지 말아야겠다.

정원 생활

산에 가서 불쏘시개용 나무를 줍고, 부드러워진 흙에서 산진달래 몇 뿌리를 손으로 캐어 와 심기도 했다. 풀 뽑기 몇 시간. 이렇게 이른 봄엔 쑥밖에 없다. 조금씩 새싹이 나면서 잔디에는 초록빛이 들기 시작한다. 작년에 열심히 씨를 뿌렸지만 여름 가뭄으로 다 타들어가 말라버렸구나 했는데 다시 살아나는 것 같다. 야생의 생명력은 대단하다.

우리말로 '한국깃털갈대'라는 브리치트리차가 드디어 도착했다. 김장훈 정원사의 글에서 처음 접한 후 그야말로 사방팔방으로 찾아다녔다. 전라도 어딘가에 이것만 키우는 농장이 있다는 걸 며칠 전 우연히 알게 되어 바로 십 주를 주문했다. 왜성 핑크뮬리도 함께 도착했다. 이제 어떻게 이 땅에 정착하여 월동하게 하느냐가 문제다. (추운 강원도에서는 핑크 뮬리의 생육이 힘들다는 것을 나중에야 알았다.)

아침에 일어나니 그래도 허리와 손목, 다리, 발목의 상태가 괜찮은 편이었다. 안심이다. 사월 중순까지 내리던 눈과 서리가 그치고 나니 기온이 빠르게 올라간다. 갑자기 마음이 바빠지지만, 그렇다고 무리를 하면 탈이 나기 마련이다. 의식적으로 허리와 손목을 쉬어가며 일해야 한다. 팔이 위로 안 올라가기는 하지만 이 정도 상태면 괜찮은 편이다. 지금은 물 주기에 가장 중요한 시기라 일을 놓을 수 없다. 앞뒤로 꼼꼼히 물을 뿌렸다.

시골 농사꾼의 생활수칙 '스스로 깨우치고 지키기'. 세 끼 식사를 늦지 않게 챙겨 먹고 일찍 푹 잔다. 특히 몸이 안 좋다 싶으면 무조건 많이 잔다. 노년의 농사 초보자라면 더더욱 지켜야 할 철칙! 절대 무리하지 않는다.

정원이 천천히 자리를 잡아간다.

사월 마지막 날

일 년 중 가장 바쁜 산골 정원의 사월 마지막 아침. 더없이 편안한 마음으로 서늘한 푸른빛이 도는 산을 보며 눈을 뜬다. 일기를 적고, 금아(琴兒) 피천득의 수필집을 옛날 인쇄본으로 몇 장 읽으며 그 순수함에 감동한다. 창밖 거미줄이 아침 햇빛을 받아 반짝인다.

이른 아침에 문을 나서면 아직도 쌀쌀하다. 옷을 챙겨 입지 않으면 춥다. 밤엔 난롯불이 따뜻해서 오히려 좋다. 침실 창밖 이팝나무의 옅은 초록색이 신선한 아침이다.

난화원에서 가져온 숙근샐비어도 옮겨 심었다. 블루와 핑크 두 종류인데 핑크가 더 많은 것 같다. 블루는 꽃이 피어 있지 않아서 피어봐야 무슨 색인지 알겠다. 옮겨 심는 중에

땅파기가 어려워 D에게 도움을 구했는데, 불규칙하게 심는 내 방식에 영 불편해 하더니 끝내 삐쳐서 가버렸다. 그는 독일 병정처럼 일렬로 줄을 세워 질서 정연하게 심기를 원한다. 하지만 줄 맞춰 씨를 뿌린다고 해도 꽃들은 질서정연하게 싹트지 않는다. 적당히 모아, 또 띄워 그때그때 보아가며 여기저기 심어야 자연스러운데……. 어쨌든 이래라저래라 하는 걸 잔소리라 생각하고 아주 싫어한다. 내 맘 같은 손발이, 그것도 튼튼한 손발이 하나 있으면 얼마나 좋을까? 다시 흙을 파느라 손목이 고생을 한다. 깃털갈대도 네 뿌리 심어보았다. 이제 공을 들일 일만 남았다.

다시 일어나 물을 주러 나가야겠다.

뿌리고, 심고, 채우고

어제 일찍 잔 덕분에 몸이 가뿐했다. 아침 여덟 시부터 종일 일했다. 우선 아주가를 작업실 창에서 바로 내다보이는 구상나무 아래에 심었다. 그러고는 내내 쑥을 캐내었는데, 일 제곱미터 정도의 땅에서 캐낸 쑥 뿌리가 서너 아름은 된다. 벌개미취는 몇 번 뿌렸었는데 한 번도 성공을 못했다. 마당 어딘가에서 꽃을 몇 송이 보기는 했으나 그게 씨앗에서 비롯된 건지, 저절로 날아와 자리를 잡은 건지 모르겠다. 매번 쑥과 구분을 못한 탓에 싹이 트는 걸 제대로 지켜보질 못했다. 이번엔 확실하게 영역을 확인해서 벌개미취와 쑥부쟁이를 구별해 봐야지.

점심을 먹고도 쉬지 않고 일했다. 앞 테라스 아래쪽엔 작약을, 분꽃나무 뒤쪽 땅에는 빅토리아블루샐비어 씨앗을 마저 뿌렸다. 붓꽃과 아이리스 뒤쪽으로는 은사초를 심고 수선화 앞쪽으로는 바질을 심었다. 수선 잎들이 곧 시들면 바질이 자라나 그 땅을 덮어줄 것이다. 튤립 사이로도 블루빅토리아샐비어 씨앗을 몇 알씩 뿌려주었다.

거의 한 달 동안 이것저것 심느라 정신없이 보냈다. 기록도 못하고 사진도 제대로 못 찍었다. 숨 가쁘게 달려온 느낌이다. 흙 앞에서도 욕심은 자라나, 나무와 꽃만 보면 곁으로 데려오고 싶었다. 아무튼 참 많이도 심었다.

있는 것들의 아름다움을 놓치면서까지
숨찰 필요가 있는가.

물망초 작은 꽃이 피었고 푸른 아마꽃도 피었다. 꽃이랄 것도 없지만 보랏빛으로 무리지어 핀 소래꽃도 싱그럽다. 하나하나 보면 보잘 것 없어 보이는 꽃이 한꺼번에 피어나 저리 예쁘다.

오후에는 자작나무 앞의 텃밭을 갈아엎었다. 풀을 골라내고 흙을 고른 다음 돌을 다시 쌓았더니 밭이 예쁘게 거듭났다. 내일은 흙을 채우고 씨를 뿌릴 것이다.

새로운 세계

꽃씨를 심었다.

씨를 한 알 한 알 손가락 끝으로 집어 흙 위에 올려놓았다. 씨앗이 너무 작아 거의 느낌으로만 느껴지는 버베나를 흙 위에 올려놓고 살짝 눌러만 주었다. 빛을 봐야 발아한다니까 흙으로 확 덮어버리면 안 된다. 물도 살짝만 주었다.

흙 속에 씨앗을 두고 나면 과연 싹이 틀까 싶어 불안해진다. 미심쩍어 안절부절못하게 된다. 그러나 조마조마한 마음으로 열심히 물을 주면 어느 날 아주 연약한, 너무나 여리디 여린 초록의 싹이 흙을 뚫고 나온다.

소리 없이, 움직임을 알아챌 겨를도 없이, 포니테일은 불과 엿새 만에 싹이 터져 나왔다. 고작 일이 밀리미터 남짓한 이 초록의 촉수가 혼을 완전히 빼어갔다. 그 미세한 변화에

온 마음을 쏟지 않을 수 없다. 지금 이 한밤중에도 문을 열고 싹 튼 모습을 보러 간다. 모든 살아 있는 것은 정직하고 믿음을 배반하지 않는다. 정성을 다해서 물을 주면 그 믿음을 배반하지 않고 응답한다.

이 새로운 세계를,

이 기쁨을 나는 왜 이제야 알게 되었을까?

아침이 좋아

눈 뜨면 밖으로
나가고 싶다. 오늘도 이어질 고된 하루가 기대된다.

새벽 다섯 시 무렵부터 흙을 일구고 쑥을 가려 뽑아냈다. 몸이 뻣뻣해지고 입안이 바싹 마를 때까지 정신없이 물망초 화분을 심고 앞마당 라벤더 밭을 정리하고 거름흙을 채웠다. 제발 무사히 자라나기를.

앉아서 일을 하다 보면 바로 옆 숲에서 새소리가 들려온다. 그 소리의 주인공이 궁금해진다. 창가를 날아다니는 새들아, 어떤 게 너의 소리니? 박새. 참새보다 작은 새. 쯔빗 쯔빗 쯔빗. 쯔빗. 쯔빗. 뻐꾹새는 확실하게 뻐꾹 뻐꾹 하고 운다. 꾀꼬리는 노란색으로 색깔도 예쁘고 소리도 예쁜데 아직 어느 것이 '꾀꼬리다.'라고 확실하게 알지는 못하겠다.

노란색의 예쁜 새가 가지 끝에 앉은 걸 본 적은 있는데 자주 만나지는 못했다.

진달래와 철쭉은 심어 놓고 너무 내버려 두었던 모양이다. 그냥 잘 자라겠지 했는데, 어느 순간 보니 말라서 죽기 직전이다. 열심히 물을 준다. 사람이 그렇듯, 식물도 잘 지내려니 하고 무관심하면 아차 싶게 만든다.

돌보지 않으면 갑자기 시들고 말라버린다.

잘 자랄 때 더 잘 돌봐야 한다.

물들의 길

이틀 동안 간만 보던 비가 지난밤부터는 흠뻑 내렸다. 종일 내릴 것 같다. 집 뒤편의 진입로 쪽으로 나가 보니 빗물이 모여 흐르는 물길이 보였다. 가능하면 큰 공사를 하지 않고 물길을 잡는 방법을 생각해봐야겠다. 집 뒤편, 밭과 밭 사이를 가로지르는 길에도 올라가 보았다. 정확히 가운데 한 지점에서 물은 양쪽으로 갈라져 방향을 달리해 흐른다. 그리고 그 물은 다시 한군데로 모여 큰 흐름을 만들어 아래쪽 개울로 쏟아져 내려간다. 물은 다 물길대로 흐르게 되어 있다. 물길의 방향을 크게 거스르지 않고 군데군데 길을 만들어주면 큰 해는 입지 않을 것이다. 물의 자연적인 흐름을 바꾸려면, 결국 굴착기 같은 것이 동원되는 큰 공사를 해야 한다.

아랫집은 집을 지으면서 우리 집 옆으로 내려가는 개울을 막았다. 큰 돌로 축대를 쌓아 물길을 막았고 윗물은 도랑을 파서 전혀 다른 방향으로 흐르게 했다. 거의 직각으로 꺾이게 되는 부분은 흙을 쌓아 막았다. 작년 큰비에도 별 탈 없이 물은 새 길을 따라 잘 흘러가고 있다. 그런데도 언제나 그곳을 보면 나는 왠지 불안하다. 저 물은 그냥 바로 아래로 흘러내려 가야 맞지 않을까. 큰 관을 묻어 흐르는 물을 받아서 바로 길 아래쪽으로 빼었더라면 좋았겠다는 생각이 드는 것이다. 비가 오면 항상 물이 흐르는 길을 살펴보는 게 일이다. 이제는 흐르는 물줄기가 한눈에 보인다. 물들의 길이.

불평하지 않기

비가 많이 왔다.

어제 평창 면온에는 백 밀리미터의 비가 쏟아졌다. 구상나무 두 그루가 깊게 패여 뿌리 부분까지 드러난 것을 일단 덮었다. 이대로 사흘간 삽질을 해도 다 덮기는 힘들 것 같다. 여기까지라도 우리가 몸으로 해낸 것을 대견해 하고 만족하기로 한다. 그만하고 오늘은 쉬어야지 했는데, 지난주에 잔디씨 뿌렸던 곳이 마음에 걸렸다. 그리하여 다시 흙만 좀 얇게 덮어주자 하고 비옷을 입고 나간 게 한나절 일이 되어버렸다. 붓꽃도 씨앗이 드러난 곳이 많아 흙을 입혀주었다. 앞마당까지 풀을 뽑고 한 바퀴 둘러보니 그새 네 시간을 더 일했다.

난생 처음 해보는 육체노동. 더 옛날에 태어났으면 강도 높은 강제노역장에 끌려갈 수도 있었는데, 다만 운이 좋아

여태 그런 일이 없었던 것 아닌가. 게다가 이건 내가 자초한 일이다. 모든 아름다운 것에는 대가가 따르기 마련이다. 우리가 자연에서 얻는 것에 대한 값을 치르는 것일 뿐이다. 불평하면 안 된다.

앉아서 쉬며 비 그친 산의 서늘함을 맛본다. 감사한다. 그리고 다시 뒤편 잔디밭의 풀을 뽑았다. 어두워 안 보일 때까지. 풀을 뽑는 일도 책을 장정할 가죽을 가는 일도 모두 몸이 해야 하는 노동이고, 손을 움직여야 하는 작업이다. 일은 정직하다. 몸을 움직여 하는 일은 더욱이 정직하다. 하나하나 계산하지 않고 그저 정직하게 시간을 들여 하다 보면, 그 일이 아주 별것 아닌 일처럼 보일지라도 마음이 기뻐 충만하고 뿌듯해진다.

깨끗해진 마당을 보며 하루를 기쁘게 마감하고 잠자리에 들 수 있었다.

게으른 덕

며칠 전 풀 뽑던 날, 후딱 해치우려는 마음이 앞서 좀 서둘렀더니 일을 끝내고도 내내 마음에 걸리는 게 있었다. 혹시 올라오는 꽃 싹을 못 알아보고 다 뽑아버린 건 아닐까? 그런데 내내 마음에 걸린 상태로만 있었지 자세히 둘러보질 못했다. 바쁘기도 했지만 게으른 탓이었다. 그러다 더 미뤄서는 안 될 것 같아 종일 비가 왔음에도 앞뜰에 나갔는데, 나는 그만 주저앉고 말았다. 오랜만에 들여다 본 그곳에 여러 가지 못 보던 싹이 성큼성큼 돋아나 있었다. 뒤뜰에 잔디 심느라 온통 정신이 팔려 있던 사이에 벌어진 일이다. 보라색 세이지와 흰색 데이지는 어느새 활짝 피었다.

여기에 무엇을 심을까, 무슨 색의 꽃이 어떻게 필까를 생각하면서 풀을 뽑으면 땅이 화폭처럼 펼쳐진다. 이보다 더 큰 즐거움이 있을까.

손님맞이

친구들이 오후에 오겠다고 갑자기 연락을 해와서 아침에는 청소를 좀 했다. 시작은 그저 화장실 청소였는데, 하수구를 뚫고 러그를 빨고 마루와 문틀을 닦고 침대 아래 먼지도 닦아내고 부엌 창을 닦고 난로를 청소하고 슬리퍼를 세탁기에 넣고 현관 매트까지 털었다. 제일 하기 싫은 청소를 순식간에 해치웠다.

곰취 모종을 다 심고, 튤립 꽃밭 사이사이에 파도 다 심었을 무렵에야 친구들은 도착했다. 있는 고기를 굽고 밭에서 뜯어 온 상추와 어린 채소에 딸기까지 따 넣어 신선한 샐러드를 만들어 먹었다. 급작스런 방문이었지만 모두가 즐거웠다.

손님맞이는 내가 아니라 꽃들이 다 했다.
나는 별로 한 일이 없다.

풀꽃의 위로

오월. 아, 아직도 오월. 이 푸른빛, 초록빛, 연둣빛의 오월을 더 간직하고 음미하자.

아침부터 숲을 걸었다. 습지의 모든 풀이 제 색깔로 섞여 있어 얼마나 아름다운지. 뻐꾸기 소리가 끊이질 않았고 작은 고라니가 뛰어 달아났다. 신선한 바람이 머리카락 사이사이를 스쳤다. 새들도 날아들었다. 예쁜 새 한 마리가 오른쪽에서 세 번째 구상나무 끝에 앉았다 날아갔다. 아침에 꿩 한 마리가 침실 서쪽 긴 창을 똑똑 두드렸다. '왜 이렇게 늦잠을 자요? 이렇게 아름다운 오월 아침에.'

오후에는 뒷마당에 씨를 뿌렸다. 소래풀과 자주색 에키네시아와 안개꽃. 이 꽃들은 또 어떤 모습으로 섞여 피어날지,

그 조화로움을 상상하며 씨를 뿌렸다. 한 바퀴 마당을 돌다가 클로버 하얀 꽃 두 송이를 꺾었다. 클로버에는 기억 저 먼 곳의 아련한 향이 어려 있었다.

때로는 조금 멀리 떨어져 바라볼 필요도 있다. 나의 정원에는 잡초란 따로 없다. 가까이에서 보면 잡풀이고 뽑아버리고 싶던 풀도 멀리서 보면 잘 어울려 뜰의 일부가 된다. 모든 풀엔 다 이름이 있고 존재 이유가 있다. 아직은 맨땅이 더 많은 정원이지만, 작년에 볼 수 없었던 여러 종류의 풀이 자라기 시작한다. 클로버도 그중 하나다. 이 흔한 클로버도 작년에는 없었다.

새로 지은 집터의 마른 땅에서 자랄 수 있는 풀은 쑥, 명아주, 여뀌 그리고 정확한 이름은 알 수 없는 가시덩굴뿐이었다. 그 풀들, 사람들이 흔히 '잡초'라고 부르는 그 풀들이 마른 땅을 파랗게 덮어주었기 때문에, 한동안은 고마운 마음으로 뽑지 않고 그대로 두었다. 그 덕에 땅에는 식물을 받아들일 수 있는 영양분이 조금 더 생겼고, 올해에는 많은 종류의 풀씨와 나무씨가 날아들어 싹을 틔웠다. 냉이, 엉겅퀴, 망초, 그리고 길 가다 데리고 들어온 찔레. 뒷산 가는 개울가에서 파 온 붓꽃은 시들시들 겨우내 얼어 죽나 했는데 새끼를 치고 빳빳이 고개를 들며 힘차게 솟아올랐다. 두 가지에서 보랏빛 꽃대도 보이기 시작한다.

경이로운 자연의 힘.
폭우에 움푹 패어버린 마당에 낙담하여 손을 놓고 있다가
이 작은 풀꽃들의 위로를 마음속 깊이 들이킨다.

어제 좀 쉰 덕에 몸도 거의 회복되고 마음도 다시 제자리를 찾아, 칼 퇴르스터의 책을 마저 다 읽었다. 새로운 세계에 눈을 뜨게 된 것에 감사한다.

어느 봄날

다들 한숨으로라도 웃지 않을 수 없었다.

한숨이 아름다움일 수도 있지 않은가.

아름다움이 한숨이 아닐 수 있을까.

아름다움이 꽃이 아닐 수 있는가.

집념으로 꽃이 피고

집념으로 꽃이 지고 있었다.

그 마지막 봄날에 흔적 없이 떨어져 내리는 봄꽃

이제는 무념이 되어버린 열정의 긴 행로

생의 투덜거림이여.

봄을 지운다

나무들은 아름다웠다.

빗속에서.

꽃은 다시 피지 않을 것처럼 떨어져 내린다.

꽃잎이 떨어져 내리고 그 위에 다시 비가 내리고

녹두 빛 여린 잎은 짙어질 것이고

기억은 옅어질 것이다.

모든 봄은 그렇게 지워지는 것이다.

이제 유월 다시 푸르른 날에

청명한 하늘을 보며 흔적 없는 꽃그늘을 그리워할 것이다.

모든 사라지는 것들의 그림자 없음을

살아 있음의 아픈 생채기들, 안타까움들

손 닿을 듯 먼 인연의 안타까움을

무섭도록 그리워할 것이다.

#여름

한가하고 게으른 시간의 긴 꼬리

바람이 부니

나와 직접적으로 관계가 없는 사람들의 이름이나, 사물 같은 것들을 언급할 때 금방 생각이 나지 않고 깜깜해진다. 어제는 영화 〈빠삐용〉을 보다가 낯익은 주인공 배우의 이름이 생각이 나지 않아 "뭐지? 뭐지?" 했다. D가 "스티브, 뭐지?"라고 했을 때에야 내 입에서 "맥퀸"이라는 답이 나와 함께 웃었다. 둘의 기억력을 합쳐야 한 사람의 이름을 말할 수 있게 되었다.

새벽. 눈을 뜨니 비가 내린다. 나뭇잎에 비 떨어지는 소리, 바람에 나무 흔들리는 소리가 들린다.

숲을 넘어와 집안까지 스며드는 이 냄새가 너무 좋다.
그래. 그냥 이 상태 이대로 괜찮다.

지난 며칠 햇빛은 맑았고 하늘은 푸르렀다. 한 달간 잘 지냈다. 그렇게 오월은 지나갔고 유월도 잘 지낼 것이다. 그러면 되는 것 아닌가. 염려하지 않을 것이다.

바람이 세게 부니 나뭇가지들이 안간힘을 쓰며 버틴다. 바람을 맞는 나무들. 그것을 바라보며 우리는 아름답다고 한다. 바람을 버티는 것은 나무들의 삶이다.

땅과 함께 일한다

천천히 마당을 돌며 자세히 꽃을 살핀다. 앞마당 뒷마당 빠지는 데 없이 찬찬히 물을 뿌려주고, 풀을 뽑는다. 보라색 루피너스가 하늘을 향해 뻗어 있다. 뿌린 씨의 싹이 돋아 저마다의 잎을 드러낸다. 똑같이 뿌렸는데도 부분부분 많이 자란 놈도 있고 이제야 겨우겨우 얼굴을 내민 여린 놈도 있다. 구상나무에도 물을 가능한 듬뿍 준다. 얘들도 안심할 수가 없다. 작년 가뭄에 좀 더 신경을 써서 물을 주었다면 한 그루가 이렇게 완전히 끝나지는 않았을 것 아닌가. 끝까지 포기하지 않기로 한다.

낮부터는 내내 돌담을 쌓았다. 깜깜해져서 앞이 보이지 않을 때까지 돌담을 쌓았다. 모난 돌, 큰 돌, 작은 돌, 못생긴 돌, 매끈한 돌. 어느 하나 제자리를 갖지 못하는 게 없다. 서로를 지탱하고 무게를 견디고 균형을 맞추고 틈새를 메우며 각자에게 꼭 맞는 자리를 찾았다.

땅과 함께 일하고 교감하고 의논하면서 정원은 모양이 갖춰지고 있다. 본래의 땅이 그러했던 것처럼 가장 자연스러운 형태로, 마치 자기의 갈 길을 아는 듯이 찾아간다.

내가 이렇게 살 수 있구나

이곳에서는 시간이 사람을 재촉하지 않는다. 하늘과 산과 땅과 함께 살고 있어 시간이 따로 끼어들 틈이 없다. 간섭할 이유가 없다.

컹컹컹 꿩이 울고 고라니도 가끔씩 기웃거린다. 길 잃은 고양이도 한 번씩 들른다. 사람도 그저 그 어느 결에 묻혀서 서로를 간섭하지 않고 그렇게 살아간다.

하루가 길지도 짧지도 않게
딱 그렇게 자기 길이만큼 떴다 지고 나면
그저 감사한 마음으로 하루를 접으면 된다.

날이 내내 흐렸음에도 참으로 잘생긴 구름이 파란 하늘 가운데서 산을 내려다보며 떠 있다. 아주 조금씩 움직인다.

아, 내가 이렇게 살 수 있구나.

지금이 딱 이렇게 살 수 있는 나이구나.

내가 살고 싶은 대로 그렇게 하루가 간다.

새벽 마음

새벽 다섯 시 사분. 거의 정확히 해 뜨는 시간에 눈이 떠진다. 창에 내려진 블라인드를 하나씩 걷어 올리며 나의 하루를 시작한다. 창을 여는 순간 뻐꾸기 소리, 이름을 잘 모르는 새들의 소리가 들린다. 멀지 않은 곳에서 시작되는 닭 울음소리도 점점 커진다. 요즘 세상에 새벽 닭 우는 소리를 들으며 아침을 열 수 있다니……. 다시 잔잔한 하루가 시작된다.

벌써 유월인데, 아직도 새벽엔
스웨터를 걸쳐야 밖으로 나갈 수 있다.

문을 열고 발을 내딛으면 느껴지는 땅과 풀의 감촉, 그리고 뭐라 말할 수 없이 촉촉한 아침의 대기. 저절로 숨이 크게 쉬어진다. 차분히 몸이 가라앉는다. 옅은 안개가 걷히어 올라가는 그 위로 두루미 한 마리가 날아간다.

이것이 내가 누려도 되는 행복인가.

과분하다는 생각에, 마음이 잠시 숨을 죽인다.

라벤더

꿩이 다시 왔다.

여행에서 돌아왔나 보다. 계속 습한 바람이 부는 걸 보니 곧 비 소식이 있을 것이다. 날씨는 아직도 서늘하고 여전히 일손은 바쁘다. 그나마 작업 능력이 향상되어 처음보다는 시간이 덜 걸린다. 똑같은 시간을 일해도 더 넓은 면적을 해낸다. 이제 가지고 있던 씨는 대부분 다 뿌렸다. 잔디가 흙을 뚫고 나와 제 모습을 보일 때의 경이로움이란. 실낱같이 가늘고 약한 잎이 무거운 흙을 어깨에 메고 뭉쳐 나온다. 풀은 말을 하지 않는다고? 매일 속삭이는 소리가 들린다.

그 추운 겨울을 견뎌내고 이 산골짝에 다시 꽃을 피워준 라벤더의 향기가 마음속까지 잔잔하게 퍼져간다. 지난 주 꽃망울이 보이더니 가는 꽃대에서 결국 꽃이 피었다. 아, 꿈이 이루어진 기분이다. 처음 이곳에 왔을 때 배추밭 이랑을 보며 이 언덕에 라벤더를 심는 꿈을 꾸었다. 그해 겨울은 혹독히 추웠고 어느 날엔 기온이 영하 이십일 도까지 내려갔다. 이 추운 곳에서 라벤더가 살아갈 수 있을까? 하지만 홋카이도에서 라벤더가 가능하면 여기서도 되지 않을까? 이 언덕과 굽이진 배추 이랑에 라벤더 꽃이 핀다면 얼마나 아름다울까?

강릉에서 화분 몇 개를 사와 큰 기대 없이 심었다. 낮은 언덕과 앞산이 내 마음을 지켜준 것일까. 겨울에 다 마른 것 같았던 줄기에서 새잎이 돋아 나오는 순간은 경이로웠다. 제법 풍성하게 꽃들이 핀 광경을 볼 때면, 하루에도 몇 번씩 가슴이 두근거린다.

올해는 구덩이를 파놓기만 하고 아직 라벤더 화분을 더 보충하지 못했다. '언젠가는…… 아직도 남은 날들이 있으니까.' 하고 기꺼이 미룬다.

남은 날들. 내게 남은 날들이 향기롭기를.
이 집은 나의 '남은 날들'이다.

식물에게 배운다

끈끈이 대나물.

석죽과에 속하는 한해살이 또는 두해살이 풀. 유럽 원산. 현관 옆 담벼락에 분홍색 작은 꽃이 무리지어 피었다. 분홍색이 맑고 예쁘다. 어디서 꽃씨가 날아와 피었을까? 땅도 아닌 자갈밭에.

박하. 작년에 남쪽 테라스 아래쪽에 씨를 뿌렸는데 하나도 나지 않았다. 어릴 적 마산에서 큰 덤불로 마구 자라던 걸 봤던지라 쉽게 싹이 틀 줄 알았는데……. 그런데 뜻밖에도 저 멀리 구상나무 아래에서 서너 개의 싹이 자라고 있었다. 식물에게 발이 없다고 도대체 누가 그랬나?

풀은 신기하다. 모든 풀이 신기하다. 식물은 말이 없고 움직이지 못해 미미한 존재라고 여기는데 그건 잘못된 생각이

다. 이 어린 것이 얼마나 강한지, 척박하고 마른 땅을 뚫고 올라와 끈질기게 버틴다. 자라나 자신의 존재를 드러내려 애쓴다.

풀은 살아 말을 하고 꽃은 춤을 춘다.
조용히 흔들리며 손짓하고 말없이 기다린다.
사랑받기에 충분하도록 아름답게 피어나
모두에게 행복을 전한다.
이보다 더 적극적인 삶이 또 있을까.

땅, 바람, 비, 하늘

산은 첩첩이 몇 겹의 농담(濃淡)으로 깊어지고, 나무는 오랜 가뭄 끝에 환호하며 비를 흠씬 맞고 있다. 땅과 바람과 비와 하늘을 동시에 바라볼 수 있다는 것은 얼마나 대단한 일인가. 그러나 그렇지 못한 도심의 삶이 얼마나 말도 안 되는 불운인지는 나도 몰랐다.

데이지가 얼굴 한가득 비를 맞고 흔들린다. 흡사 살아있는 사람들의 몸짓 같다. 비가 세차게 쏟아진다. 천둥소리도 들린다. 드보르작의 피아노 삼중주곡 〈둠키〉를 들으며 밖을 바라본다. 아무래도 나가보아야 할 듯하다. 빗속으로.

나에게는 생각할 시간이 있다.
그것은 커다란, 가장 커다란 호사이다.

메이 사튼의 말을 떠올리는데, 갑자기 마음이 약간 조급해지며 불안감이 밀려왔다. 아니나 다를까, 밖에 나갔더니 세찬 빗줄기에 꽃이 꺾이고 흐트러져 있었다. 비가 마냥 기쁘지만은 않았던 모양이다.

생일

산골 마을의 여름이 시작된다. 한가하고 게으른 시간의 긴 꼬리. 해가 가장 긴 하지. 내 생일이다. 칠십. 지금부터 펼쳐지는 하루하루를, 순간순간을 기억하고 기록하리라.

일흔을 앞두고 나는 집을 지었다. 집을 지었다는 말은 지금까지의 삶의 틀에서 벗어났다는 말이다. 오랜 관습과 익숙함에서 벗어나, 좀 더 자유롭고 더 넓은 나의 내면으로 떠날 준비를 갖추고 그 터를 마련한 것이었다. 열심히 살았고 나에게도 마땅한 자격이 있다. 아무도 나에게 상을 내리지 않는다면 스스로라도 나를 위로하고 칭찬할 필요가 있다.

슬레이트블루. 오래된, 그러나 바래지는 않은, 앞으로도 퇴색할 기미가 없는, 잃어버릴 수가 없어 깊숙한 구석 어딘가에 융숭하게 감추어 두었다가 어느 날 갑자기 문득 꺼내어 든 색깔. 칠십 번째 내 생일은 이 색으로 기억될 것이다. 올 한해는 거기에 옅은 산호초 색이 몇 줄 더해져 그렇게 빛날 것이다.

유포리의 에키네시아

에키네시아가 피었다. 고대하던 꽃이다. 요즘은 도로변 화단이나 웬만한 정원에서 흔히 볼 수 있는 꽃이지만 처음 만났을 때만 해도 흔한 꽃이 아니었다. 에키네시아가 군락으로 피어 있는 사진을 처음 보았을 때, 나는 마음속 정원의 첫 번째 꽃으로 이 꽃을 자리 매겼다. 루드베키아와 혼동을 했었는데 자주색 루드베키아를 따로 에키네시아라고 한다는 것도 알게 되었다.

집을 짓기 몇 해 전부터 정원과 관련된 책을 읽었다. 꽃씨도 조금씩 사서 모았다. 그렇게 묵혀 둔 오래된 씨앗을 그냥 버리기 아까워 뒷마당 멀찌감치 버리듯이 흩뿌려 놓았는데 그게 어디 숨어 있다가 이 년이 지나 하나씩 피어나기 시작했다. 그냥 노란 것, 가운데 작은 원이 있는 것, 크고 가운데 까만 원형의 무늬가 있는 것, 전체가 초콜릿 색깔인 것 등 강하고 번식력이 좋은 루드베키아가 여기저기서 솟아나 잡풀더미 뒷마당을 금세 야생의 아름다운 뜰로 바꾸어놓았다. 노란색 꽃을 좋아하지 않는다고 생각했었는데 초록의 풀 속에서 솟아난 짙은 노란색은 야생의 빛깔 그 자체였다.

그 속에서 드디어 내가 그토록 애타게 기다리던 에키네시아가 하나씩 피기 시작했다. 하늘을 향해 꽃잎을 약간 아래로 젖힌 모습이 갖은 난관을 꿋꿋이 뚫고 나온 힘의 자랑스러운 표현인 듯했다. 지금은 흔한 이 꽃의 당당한 존재 이유다. 무엇보다 나의 야생화 뜰에서는 그 당당함이 유독 돋보인다. 한번 자리를 잡고 나더니 놀라운 속도로 영역을 넓히고 있어, 단연 유포리의 칠월을 대표하는 꽃이라 할 만하다.

언제 어디서 무엇이 솟아날지 알 수 없는 야생의 풀숲이 나는 매일매일 궁금하다.

뜰에 취하다

저 위 감자밭 옆 무덤까지 갔다가 돌아왔다. 걷는 내내 얇게 부는 바람이 살갗을 쓸고 지나갔다. 시간이 눈에 보인다. 해 뜨고 해 지는 시간. 해 뜨기 전, 해 진 후 삼십 분. 그때 이 집 마당은 어느 한 군데도 빠짐없이 마법의 공간이 된다.

해 지기 전 한 시간 동안 풀을 뽑았다. 이런 노고가 조금씩, 아주 조금씩 이 땅에 질서를 가져다준다. 해바라기 첫 송이가 피었고, 이제 막 피어나는 수레국화는 청색과 옅은 보라색으로 무리 지었다. 초록과 흰색, 옅은 살색의 톱풀, 씨앗을 맺는 데이지의 만년(晩年), 하루 피었다 지면 다시 새 봉오리가 잔꽃을 피우는 푸른색 아마, 향기로운 딜……. 딜이 이렇게 크게 자랄 줄은 몰랐다. 큰 키로 자라 꽃을 피워 많은 벌이 날아온다. 짙은 보라색의 글라디올러스는 우아한 기품을 뽐낸다. 간밤에 비가 내려 땅은 알맞게 젖어 있다. 상추와 양상추에는 적당히 알이 배겼고 청갓, 홍갓, 루꼴라가 푸짐하게 자랐다. 나누어줄 생각에 벌써 가슴이 뿌듯하다. 루꼴라 향이 배인 두 손이 행복하다.

뜰은 아름답다. 여름은 향기롭다.
그저 또 저 풀밭으로 나가 어슬렁거리며 취하고 싶다.

여름의 맛

바깥에도 랜턴을 달았다. 꽃 속으로 떨어지는 불빛이 아름답다. 바람이 별빛과 불빛을 섞어 흔들어 놓는다. 집이란 소유나 재산이 아니라 시간과 기억과 행복을 담는 그릇이다. 이렇게 많은 별이 쏟아져 내리는 밤, 접시 하나에 담은 간단한 식사만으로도 충만하다. 부족함을 모르겠다.

늦게 뿌린 씨앗은 여전히 소식이 없고 조그맣게 싹이 트던 톱풀도 자라기를 멈추었다. 식물도 너무 더운 여름에는 밖으로 나올 엄두를 못 내나 보다. 하얀 안개꽃이 소복이 피어 하늘거린다. 곳곳에서 여름의 향기가 느껴진다. 공기 가득히 여름이다.

도시에선 그저 빨리 가버렸으면 하는 계절이었다. 찜통

같은 열기와 피할 수 없는 소음으로 도시의 여름은 제 맛을 잃었다. 그런데 이 산골에서는 여름이 제 맛 그대로 뜨겁다. 뜨겁게 조용하고, 뜨겁게 평화롭다.

밤의 풀밭을 바라보면서 여름의 향기를, 그 에너지를 듬뿍 마셔본다. 톱풀 옆에 튼튼하게 줄기를 뻗고 있는 것이 달맞이꽃이었음이 오늘 밝혀졌다. 씨 뿌리자마자 쏟아진 비로 다 떠내려간 줄 알았던 바질 씨앗은 저 아래쪽 배수구 옆에서 자라나 향기를 흩뿌린다.

'아, 역시 여름은 대단한 계절이야.'

산에는 구름이

아무도 모른다.

이른 아침, 아주 잠깐 하늘이 온통 붉은 보라색으로 물들었다는 사실을. 혼자 가슴 뛰는 그 순간을. 카메라를 가지고 나갔을 때, 이미 그 빛은 사라지고 없었다.

서두르며 조급하게 살아왔구나. 지금 이 순간에도 깨닫는다. 그냥 한 장 한 장 포개면서 꿰매어가면 되는 것을. 꿰매는 동안 생각이 정리되고, 무엇을 어떻게 할까 떠오르고, '아, 재미있겠다.' 가슴이 떨리기 시작하고, 그렇게 날이 쌓여가고 일이 이루어지는 것을. 왜 걱정하며 시간을 허비했을까. 미리 마음을 접었을까.

『파우스트』의 두 번째 권을 꿰맨다. 서두르지 않는다. 산에는 흰 구름이 옆으로 기울어 걸려 있다. 햇빛이 없으면 구름도 움직이지 않고 날아오르지도 않는다.

혼자서 죽음을 맞이하는 방법…… 있을까? 그리고 이곳에서 바로 입관. 옛날 방식대로. 아이들이 번거로워하지만 않는다면.

매일의 산은 구름과 함께한다.

이 밤을 다 가졌다

대단했던 여름

하루가 기울고 영혼까지 시원하게 감싸는 밤공기가 창으로 들어와 살갗에 닿는다. 한낮의 뜨거운 공기. 기세등등한 햇볕. 모든 것을 녹여버릴 것 같은 그 찬란한 빛 속에서 타들어가는 잔디. 그 속에서도 피어나는 가녀린 야생의 꽃. 여름을 마다않고 피어나는 꽃의 색과 향에 감탄한다.

메밀꽃도 피었다. 이 기록적인 더위 속에서도 싹을 틔우고 자라나 작은 꽃을 피워 하늘거리는 메밀꽃. 너도 대단하다. 이곳이 왜 메밀꽃의 고장인지를 알겠다.

저녁달은 자정 무렵 남동쪽에 높이 떠 있고, 바람은 약간 습해져 차갑다. 등이 젖혀지는 의자 하나를 마당에 내다 놓고 누워 하늘을 올려다본다.

별과 마주한다.

이 밤을 다 가진 것 같다.

평생을 수없이 많은 사람들과 만나, 기억하지도 못할 숱한 이야기를 나누고 헤어졌지만, 이제 이 나이가 되어 마음과 느낌을 서로 나눌 수 있는 친구를 갖는다는 것은 가능한 일이 아닐지도 모른다는 생각을 문득문득 한다.

달빛이 온 집 안을 채운다. 서재 방 앞창으로, 욕실 천창 위로, 침실에 누우면 보이는 뒤뜰에도, 뽀얀 빛의 가루가 뿌려져 곱게 가라앉는다.

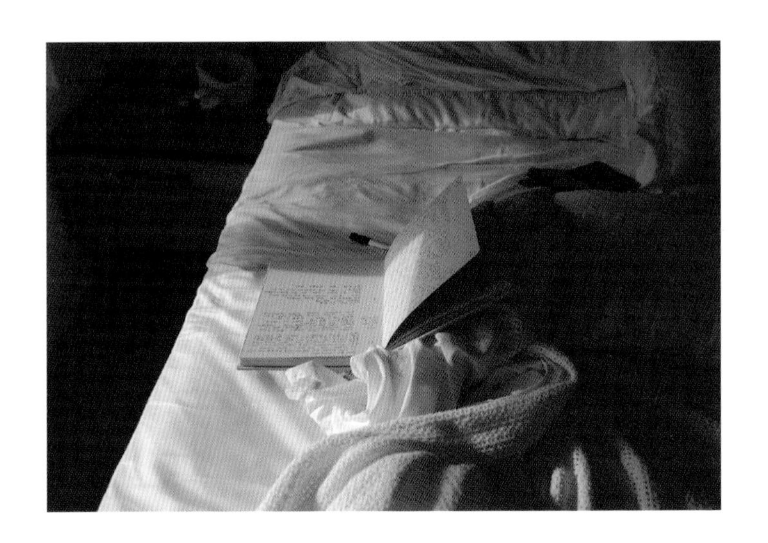

forget me not

좋은 저녁

집을 짓고 나서 사람들과의 만남이 달라졌다. 이전에도 그런 편이기는 했지만, 내가 원하지 않는 모임과 만남이 지금은 거의 사라졌다. 원치 않는 모임에서 신경을 쓰고 괜한 스트레스를 받는 일은 이제 없다. 나이 들어 우르르 몰려다니는 일도 더 이상 하지 않는다. 나를 만나기 위해, 이곳이 좋아 찾아오는 사람들과의 만남이 즐겁다.

비는 쏟아지다가 그치다 또 쏟아지기를 반복하며 하루 종일 내린다. 하지만 비가 이 즐거운 모임을 방해하진 않는다. 진아 선생님이 사람 수대로 준비한 가위를 들고 풀숲을 헤치며 꽃을 자르고 키 높이로 자란 쑥대도 잘랐다. 골칫덩어리 쑥을 이용할 수 있다니 얼마나 반가운 일인가. 건강하게 자란 딜을 듬뿍 자르고 얼마 되지는 않지만 라벤더도 자른

다. 잘라낸 풀을 가지째 두툼하게 잡고 꽃도 사이사이에 끼워 주먹으로 쥐어질 만큼의 굵기로 만든 후, 면 끈으로 총총 묶는다. 바싹 말린 다음 태울 때 부서지지 않도록, 멀찍이 사선으로 왔다 갔다 힘을 주어 묶는다. 집 안에 나무 향, 풀 향이 가득하다.

비가 좀 그쳐서 뒷산 언저리까지 산책을 갔다. 감자밭 아래 경사에서 보았던 산수국이 가지를 늘어뜨린 채 뿌리를 내렸다. 삽목을 해보고 싶다 했더니 성배 씨가 큰 가지용 전지가위를 가지고 올라가 잘라주었다. 잎을 정리하여 삽목용으로 잘라 물에 담가 놓고 나머지 넝쿨진 가지와 열매를 엮어 식탁 위 센터피스로 장식했다. 고기를 굽고 버섯을 볶아 저녁상을 준비하니 훌륭하고 멋진 식탁이 차려졌다.

어제부터 틈틈이 청소하며 미리 음식을 준비했고, 오늘은 아침부터 움직였지만 전혀 피곤하지 않다. 하루가 꽉 찼고, 보람되었다. 이른 저녁 식사를 마치고 손님들이 서울로 돌아간 후, 따뜻하게 구운 브라우니를 싸 가지고 저 윗동네 종무 댁을 방문했다. 어두운데 어떻게 오셨냐고 반색한다. 좋은 저녁이다.

돌아오는 길, 온 동네는 안개비로 자욱했고, 집집마다 불이 들어와 있었다. 마을은 조용했다. 길과 나무와 들과 하늘이 젖은 공기 속에 잦아들어 더 깊은 밤을 맞이하고 있었다.

가려워

벌레에게 물린 자국이 끔찍하게 괴롭다. 가려움 때문에 한밤중에 자다가도 눈이 떠질 정도다. 이걸 긁어버리고 마느냐 그냥 손을 대지 않고 참아내느냐. 벌떡 일어나 창문을 열어 놓고 약을 발랐다. 약을 겹겹이 발라도 가려움은 도무지 가시질 않아서, 긁지 않기 위해 이를 악물어야 했다.

메이 사튼의 『혼자 산다는 것』을 읽으며 간신히 가려움을 견뎠다. 메이 사튼이 칠십 세에 적은 일기 속에는 오랫동안 사귄 친구들에 대한 이야기가 있다. 자신의 칠십 세 생일을 축하해주기 위해 모인 친구들에 대한 에세이. 글을 읽고 공감해주는 친구들이 있는 삶이란 얼마나 축복받은 삶인가. 친구들이 돌아가고 난 뒤에 몰려들 공허함과 쓸쓸함까지도 축복이 아닐까. 책을 읽으며 다시 잠이 오기를 기다렸다가

깜빡 졸음이 몰려올 때 얼른 불을 끄고 잠을 청했다. 그 순간엔 졸음이 가려움을 이겼다. 다시 깼을 때는 중국 불약, 태국 호랑이 연고를 바르며 가려움의 극치를 참아내야 했다. 그래도 올해는 벌레에 덜 물린다. 하지만 이제 체질적으로 내성이 생겼나보다 하고 방심한 게 실수였다. 토요일 저녁때 현관 앞에서 풀을 뽑는 그 잠깐 동안 물린 곳이 열일곱 군데 남짓이다. 가렵기 시작하면 물린 곳뿐만이 아니라 온몸과 머릿속까지 긁고 싶어진다.

모두가 떠나기 싫어하는 집

새벽에 깨어 뒷산까지 산책을 했다. 구름을 두른 앞산은 서늘하고 아름다웠다. 여름이 한창인데, 산에는 벌써 가을 기운이 돈다. 가을 냄새가 나는 걸 그냥 느낄 수 있었다. 오전에는 지인들이 왔다. 누구는 높은 천장을 마음에 들어 하고, 또 누구는 문이 달리지 않은 서재를 좋아했다. 오후에는 아이들도 왔다. 오자마자 장갑 끼고 호미 들고 잡초 뽑는다고 나선다. 아이들은 이곳에 오면 흙을 만지고 논다.

"왜 지금이 밤이야?" 자고 나면 서울에 가야 한다며 잠들기 직전까지 투정하던 아이들은 이제 잘 잔다.

이곳은 사람들이 다 떠나기 싫어하는 집이다.

여름 한가운데서

아침에 일어나 뒷산 중턱까지 올라갔다 왔다. 유포 삼 리에 있는 집을 구경하고 점심은 메밀국수를 먹고 돌아왔다. 조금 쉰 다음 앞 강에서 래프팅을 했다. 상상조차 해보지 않았던 경험이다.

해가 반쯤 지자 금당산 앞을 흐르는 강 아래까지 그늘이 졌다. 풀이 작년보다는 덜 자랐다. 새 흙을 덮어주어서 싹이 늦게 튼 탓일까. 유례없는 폭염에 가물어서 자라지 못한 걸까. 이유를 모르겠다.

작년에 무성하던 피, 명아주, 쑥은 줄어들었고 바랭이, 강아지풀이 늘어났다. 특히 뒷마당에는 강아지풀이 아주 많고 앞마당에는 바랭이가 많다. 강아지풀이 바람에 나풀대며 그 귀여운 꼬리를 흔든다. 이런 풀들이 너무 좋아서 구태여 잔디를 키워야 할 이유를 모르겠다.

첫 씨앗을 받은 날. 날씨가 너무 뜨거워 현관문이 열리지 않는 일이 일어났다.

자유롭다는 것은

이 공간은 묘하다. 모든 시간이 녹아 있고, 그 모든 시간 속에 나는 묘하게 떠 있다. 바깥바람은 서늘하고 풀벌레 소리는 벌써 가을이 가까이 있음을 알린다. 작년보다 일찍 덥고 일찍 시원해졌다.

사람들을 만나고 오면 생각이 많아진다.
나는 그렇게는 살 수 없겠다 싶으면서도
그 기세에 눌리는 느낌이랄까.

하현달로 가면서 달은 늦게 뜨고 한밤중 천창으로 빛이 쏟아져 들어온다. 오랜만에 달을 보았다. 그믐에 가까운데 달빛은 청정하다. 이번 여름에는 비가 끊이지 않아 달빛이 귀했다. 게다가 오늘의 달은 별까지 둘을 데리고 왔다. 뒷마당에 나갔는데 고라니 한 마리가 숲에서 뛰어 나오다 나와 눈이 마주쳤다. 내가 '어!' 하니까 저도 놀라 뛰어 달아났다.

그래. 자유롭다는 것은 조금은 외롭다는 뜻이다. 여행을 떠나고 때론 떠난 사람을 그리워하고, 그렇게 옆자리를 비우면 조금은 외로운 것이다. 하지만 그 사이를 파고드는 맑고 찰랑거리는 햇살과 산듯한 바람, 그 미세한 살랑거림이 가슴을 채우면서 죽어가던 감각을 일깨운다. 이 세상을 점점 더 멀리서 바라보다가 언젠가는 휙 스러져갈 한 인생을 위하여, 조금은 쓸쓸한 이 느낌을 즐길 때.

#가을

고요하게 반짝이는 날들

서성이다

어느 하루, 햇살이 너무 아름다워 가만히 눈 감고 행복했던 적이 있는지. 숨이 잦아들며 몸이 사라져버리는 듯 그 순간의 공기가 되어버리는, 그런 적이 있는지.

해가 서쪽으로 비켜서는 오후. 바람에 풀잎이 흔들리고, 풀잎은 낮은 그늘을 드리운다. 빛이 아름다운 시간이다. 남쪽 뜰 앞 덤불숲으로 같은 종류의 새들이 두세 마리씩 연이어 날아 들어간다.

사람이 떠난 자리는 왠지 모르게 쓸쓸하다.
누군가 왔다 가면, 더 허전해져서 서성이게 된다.

결국 모든 만남의 끝을 맺고 이 세상과 맺었던 관계도 다

끊은 채 우리는 떠날 것이다. 조금씩 조금씩 그 길로 가고 있구나. 구월이어서 그런 걸까. 바람이 어제와 같지 않고 빛은 더 맑다.

가슴이 먹먹해져서 오후에는 그냥 서성였다.

태풍 오던 날

작업실에 앉아

비 오는 바깥을 바라본다. 구름은 산 중턱을 가득 메우고 앉아 있다. 비는 종일 약하게 내렸다. 가을비에 젖은 뜰이 아름답다. 몸 상태가 좋지 않아 그냥 쉬었다. 가을빛이 내려앉는 젖은 뜰을 렌즈에 담을 것인가, 이 느낌을 글로 남길 것인가. 동시에 둘은 불가하다. 느낌은 곧 잊히고 만다.

자욱한 안개가 순간순간 변하는 모습을 보여주고
나뭇잎도 조금씩 변한다.
잠깐의 시간이 가을의 뜰을 통과한다.
내면에 비축되어 있던 에너지가 고갈되어
미약한 마음에 안타까움만 남는다.

큰 태풍이 가까이 다가오고 있다는 소식과는 달리 바람은 반쯤 갈색으로 변한 풀들을 그저 흔들 뿐이다. 어느 화창한 계절에도 속하지 않는 이 묘한 색채 사이로 비가 내린다. 그리고 점점 바람 소리가 거세어진다.

유리창의 넓은 면에 빗방울이 떨어진다. 가득히 면을 채우고 미끄러져 내린다. 평화롭던 순간이 금세 변한다. 빗속으로 순간들이 사라진다. 풀들은 낯선 모습으로 나를 당황스럽게 한다. 그러다 잠시 바람이 잦아들고 햇빛도 잠깐 비춘다. 마음이 놓인다.

다시 폭풍이 휘몰아치고 떠날 때쯤, 달은 구름 사이로 휘휘 지난다. 흔들리던 모든 것들이 움직임을 멈춘 채 달빛 속에서 밝았다 사라진다. 덧없고 서늘한 밤이었다.

우연의 기쁨

아침 일찍 안개 자욱한 숲길을 걸으며 나뭇잎 바스락거리는 소리, 발걸음에 자잘한 나뭇가지들이 부러지는 소리를 들었다. 봄부터 힘들여 씨 뿌리고 풀 뽑으며 가꾼다고 가꿨는데, 어째 그대로 버려둔 위쪽 땅만 못하다. 제멋대로 자란 풀숲의 아름다움에 미치지 못한다. 어제 몇 시간 동안 쳐내었던 쑥 덤불을 치우고 현관 입구 쪽 풀을 모두 정리했다. 뒷마당 잔디를 깎고 덜어내는 것만으로도 정원은 모양을 갖춘다. 보라색 옅은 들국화 덤불이 참으로 가을답다. 앞마당 자작나무 밑에 몇 송이 핀 들국화도 예쁘다. 내버려두었던 풀밭 속에서 주황색의 루드베키아 몇 송이를 발견했다. 야생화는 그야말로 야생에서 그냥 자라나야 하는 것.

예상치 못한 곳에서 예상치 못한 순간에 꽃을 만난다.

새벽 세 시

작업실에서 바라보는 풍경은 특별하다. 마당의 풀은 멀리 있는 산과 바로 연결되고, 마을은 그 사이에 살짝 숨어 있다. 산은 성큼 다가오기도 하고 아득하게 물러서기도 한다. 비가 주룩주룩 내리면 산은 자취를 감춘다. 금당산 자리엔 구름만 가득하고, 그 앞 야트막한 산만 길게 누워 모습을 드러낸다.

새벽 세 시. 남서쪽 하늘 위에 반달이 떴다. 금당산 위 구름은 달빛을 받아 조각처럼 교교하다. 왜 이리 마음이 떨릴까. 뒷마당으로 나가 달이 질 때까지 앉아 있었다. 정적을 해치지 않고 나지막이 우는 벌레 소리를 들으며 구름과 달로 호사를 누렸다.

정리

흩어져 쌓여 있던 것을 다 쏟아내어 하나씩 필요한 것만 골라 잘 닦아 정돈된 곳에 다시 놓아두는 일. 기억을 주워 담는 일은 좋은 일이다.

어제는 냉장고를 정리했다. 일단 모든 것을 다 차례로 꺼내어 바닥에 가지런히 늘어놓고, 선반과 서랍까지 꺼내어 닦았다. 냉장실 바닥과 옆면, 틈새, 안쪽 구석구석까지 모두 깨끗이 닦은 다음 선반과 서랍을 다시 제자리에 끼워 넣고, 꺼내 놓았던 식자재 하나하나를 살펴 마땅한 자리를 찾아 집어넣었다. 날짜 지난 것, 필요 없어 보이는 것을 과감히 버리고 나니 공간이 반은 비었다. 비로소 여유가 생겼다.

기억도 마찬가지다. 가끔씩 정리가 필요하다. 잊어도 될 것까지 데리고 가느라 쩔쩔맬 필요가 없다. 어차피 그 모든 걸 간직하는 것은 불가능하다. 이제는 저장할 공간도 여유도 없다. 잊히는 것들에 대해 애틋해하지 않기로 한다.

대학동창명부 정리. 친구들의 이름을 다시 한 번 닦아 넣는다. 사오십 년간 한 번도 못 본 친구도 있다. 작은 키에 눈이 반짝이던 친구, 별로 말을 나눠본 적이 없던 친구, 궁금하네. 앞으로 보게 될 일이 있을까. 그러나 아직 버리기엔 아쉬운 이름이다. 이 기억을 다시 가져가기로 한다. 과감하지 못한 기억 정리. 어차피 사라져갈 것들에 대한 관대함이라고 치자.

오늘의 할 일

방금 벗어둔 안경을 찾아 헤맨다. 목에 걸고 있는 안경을 찾아 이 방 저 방 헤집고 다니는 일 외에도 아직 할 일이 많다. 해 뜨기 직전 뜰을 둘러보고 백 개의 구근을 심는 일, 서리 내린 뜰에서 풀잎 가장자리를 레이스처럼 장식하고 있는 수정 같은 이슬이 순식간에 사라지기 전에 사진을 찍는 일, 이제 빛이 바래어져가는 국화 화분을 마당에 내려 심는 일. 오늘은 라벤더 스무 분을 심고, 뒤편 언덕을 뒤덮은 쑥 덩굴도 쳐내야 한다. 소리가 무서워 손대기 망설였던 예초기로 앞마당과 뒷마당 평지의 쑥대밭도 다 걷어낼 것이다.

서리 내린 뜰이 아름답다. 해 뜨자 반짝반짝 빛나며 녹아내리는 새벽 풀잎들. 햇살 가득한 창가에서 오늘의 할 일을 상기하며 아침을 맞는다.

구근 심기

밤새 비가 촉촉이 내린 것 같아 수선화와 튤립의 구근을 심기로 했다. 튤립을 알리움 사이에 심어보았다. 작년보다 한 달 넘게 이른 때라 땅을 고르고 심기가 훨씬 쉬웠다. 네 가지 색의 튤립을 섞어서 심었는데, 어떤 색의 꽃이 어느 자리에 피어날지 벌써부터 궁금하다. 튤립 밭 옆을 일구어 톱풀은 전부 캐내었다. 집을 짓고 일 년이 지났을 무렵엔 흙을 잡기 위해서 씨앗을 거의 퍼붓다시피 했는데 이제는 너무 번지고 너무 세어졌다. 아래 언덕을 다 점령해버릴 지경이다. 흙을 잡는 데는 큰 역할을 해주었지만 이제부터는 조금씩 덜어내어 다른 종으로 바꿔야 한다. 뿌리를 쪼갠 수선화는 거의 백 주 넘게 심었다. 이 가을에 노란 봄꿈을 꾼다. 봄을 기대하게 만드는 가을 구근 심기.

이대로 충분해

집을 짓고 이곳에 와서 살면서, 어깨가 쑤시고, 팔뚝이 뻐근하고, 손가락 마디마디가 펴지지 않을 정도로 일을 했다. 허리가 휘어지고, 발목이 움직이지 않을 만큼 하루 종일, 시간 가는 줄을 몰라 밥때도 잊은 채 흙을 고르고 씨를 뿌렸다.

이제는 터득했다.
그렇게 기를 쓰고 해내야 할 일은 없다.

그저 할 만큼 하고 힘들면 쉬고, 허리를 펴고 앉아 숨을 들이키며 하늘을, 산 위에 떠다니는 흰 구름을 바라본다. 의자를 뒤로 젖힌 채 하루 종일 아무 일을 안 해도 괜찮다. 영화를 몇 편씩 보기도 하고 파보 에르비의 파리 콘서트를 어두워질 때까지 보고 있어도 좋다. 무엇을 해도 좋다. 서두를 일이 없다. 아무것도 하지 않는 것에 대한 죄책감이 사라졌다.

밤에 잠이 깨어도 뒤척일 필요가 없다. 달이 떠 있나 창을 열어 보면 되고 문 밖에 나가 서성여도 수상한 일이 아니다. 갑자기 궁금해지면 밤중에도 나가 둘러본다. 그러고는 가만히 들여다본다. 신통하다. 열심히 싹을 틔우고, 꽃을 피우고, 그리고 시간이 다하면 시들고, 묵묵히 봄을 기다린다. 풀은, 꽃은, 나무는 오히려 겨울바람 눈보라를 허공에 팔을 뻗고 견딘다. 이 뜰을 지킨다. 새들의 길잡이가 된다.

일이 넘쳐나지만 일 하나하나도 내가 나에게 주는 상이다. 그래서 초조함이 없다. 내가 할 수 있는 데까지만 한다. 할 수 없는 일을 가지고 진흙탕에 빠지지는 않을 것이다. 이대로 충분하다.

신경쓰지도 의식하지도 않고
고여 있었다.
열게 같은 술잔을 아득했고
순간의 시간들이 기록으로
그 때를 불러오기 위해
소리 사라지는 소리의 여운
— 22.2.2.

보내는 편지를 한꺼번에 보냈다. 9.17
22.2.2.
새삼 확인하게 되는 게 첫번째 사실은. 모든 사람은 다 자기에게 잘 해 주는
사람을 좋아한다는 것. 아무리 편하게 생각되는 상대편이라도 다 대접받기를
좋아한다는 것. 사람과 사람 사이의 관계에서 거의 99.9% 까지도 그런
작용한다는 것.
유년기를 지나면 부모 자식간에도 무조건적인 애정만이 아닌 어떤
한계를 설정해야 하는 그런 거리감을 인정해야만 하는 것 같아. 동기간에도 마찬가지.
기억들은 모두 기억 속에 간직된 일종의 보석 같은 것.
그 감정을 넘어서는
(현실적으로 불가능한 수치) 기쁨 그 자체인 신비한 관계란 가능할까? 어려운 질문.

흔들리다

사진을 태웠다.

올가을 들어 처음으로 난롯불을 지폈다. 사람, 주변의 사람, 얽힌 인연, 생의 갖은 사연이 태워졌다. 버릴 수 없는 사진은 골라내고, 정말 잊을 뻔했던 순간을 건져내고, 그러고도 남은 사진들을 굳센 마음으로 태웠다.

생을 떠나보내야 할 어떤 순간, 그 찰나의 순간은 어떠할까? 가슴 한가운데가 쿵하며 시리도록 허무하게, 그 순간은 빠져나갈까? 그냥 편안하게 졸리듯 잠에 빠져들 수 있을까? 언젠가의 해질 무렵처럼, 환한 미지의 공간 속으로 빨려들어 날아오르듯, 그렇게 사라질 수 있을까? 봄 아지랑이 속, 꽃향기 속에 가벼운 나비처럼 팔랑, 공기 속에 수증기처럼 사라질 수 있을까?

삶의 유혹과 산만함으로 생의 가장 가운데 부분을 송두리째 바치고 가까스로 돌아와 앉은 책상에서 전영애의 글을 읽는다. 내 어릴 적 그림자가 비척거리며 떠나지 못하고 엉거주춤 자리하고 있어 마음 아프다. 가볍게 가리라, 가볍게. 어느 날 나비 한 마리 팔랑이며 날아가듯 그렇게 가볍게 사라져가리라. 온 생에 드리웠던 그림자, 그렇게 걷히기를…….

나무가 흔들린다. 네댓 송이 피어 있는 흰색의 지니아도 바람에 흔들리고 있다. 강한 바람이 먼 바다 남쪽에서 비를 싣고 와 나무를 흔들면, 한 해를 마감할 잎들은 하루하루 그 빛깔을 달리하며 추운 계절을 준비한다. 구상나무 한 그루가 눈에 띄게 약해지면서 서서히 잎을 떨군다. 초록으로 견뎌내기 위해 강한 힘을 비축해야 할 시기에 무슨 병을 앓고 있는 것인가.

나무와 풀이 자라고 시들어가는 모습을 보며 저물어갈 나의 날을 바라본다.

사라지는 것들을 기억하며

이런 시월의 하루도 모두 기억하고 싶다.

흐리다. 구름 사이로 해가 비치면 산자락의 한 부분이 비현실적이리만치 밝게 빛나고, 누렇게 변해가던 풀밭도 아름다운 빛으로 반짝인다. 내 생의 이 하루도 순간 반짝인다. 바람에 흔들린다. 강아지풀과 민들레 하얀 씨앗도 빛 속에서 흔들린다.

아름다운 순간들이 사라진다.

강은교의 단어들을 오랜만에 다시 만난다. 사람들은, 특히 시인은 자신의 언어를 평생 데리고 다닌다. 자식을 돌보고 키우듯이, 또 자식의 자식에게 몸을 갈아 먹이고 돌보듯이 스스로의 언어를 키우고 돌본다. 말들은 자라 바람도 되고, 비도 되고, 눈보라도 되고, 구름처럼 하늘로 사라지기도 하고, 빗물처럼 땅속으로 스며 뿌리를 내리고 꽃을 피운다. 구름이 되는 꿈을 꾼다.

강은교의 시 한 편을 읽으니 아득한 옛 바다가 다시 출렁이며 내 가슴속으로 파도쳐 들어온다. 시간은 사라지는 것이 아니다. 시간은 거대한 공간을 채우고 있는 불변의 순간들이다. 내 삶의 모든 순간이 이렇게 바다처럼 물결치며 쏟아져 들어온다면 나의 삶은 결코 어디론가 사라져버리지 않을 것이다. 소멸하지 않을 것이다.

나는 기억하고, 또 기억하고, 기억할 것이다.
찬란하게, 그러나 침묵으로.

간단하게 살아가는 것

가을의 꽃들과 함께 선들거리며 무심히 한나절을 보냈다. 어두운 뜰을 한 바퀴 돌아보고 뒷길로 한 번 올라갔다가 집으로 돌아왔다. 아주 천천히 돌아왔다. 어둠 속에서 희고 작은 들꽃이 반짝였다. 고요하게 반짝였다. 달은 없고 별들은 구름 속에서 오갔다. 잦아드는 어둠의 소리. 불 켜진 창. 밝은 사각의 따뜻함이다.

여기서 배우는 것은 '간단하게 살아가는 것', 가장 값진 원리이다. 하루를 단정하게 마무리하고 또 다른 아침을 맞는다. 어느 순간, 알 수 없는 불안이 잠시 스치기도 한다. 하지만 걱정은 어느 무엇에도 도움이 된 적이 없다. 그냥 가만히 귀 기울이고 있는 법, 그리고 순응하는 법, 무엇보다 하늘의 힘에 믿음을 보내는 법을 배우려 애쓴다.

마음 비우기

기적 같은 아침이 왔다. 잠을 푹 잤다. 안개를 맞으며 밖을 걸을까. 작은 새 한 마리가 하얀 안개 속으로 날아 지나간다. 늦가을의 뜰은 서리에 뒤덮였다.

심어놓은 수선화와 튤립에 짚으로 만든 이불을 덮어주었다. 부디 다가오는 이 겨울을 잘 나기를. 뒷산에서 또 기계음이 들리기 시작한다. 소나무를 잘라내고 밭을 만든다고 한다. 마을 입구 근처, 비밀의 정원처럼 숨어 있던 숲도 포클레인으로 파헤쳐졌다. 집을 지으려고 한단다. 이 동네에 집들이 많이 들어설 모양이다. 나의 집이 원인을 제공했을 수도 있다는 생각에까지 이르니 마음이 착잡하다. 산속에 묻혀 살기는 어려울 모양이다. 뒷산 숲길도 사라져버렸다. 백 년도 더 되었을 것 같은 소나무들이 마구 베어졌다. 산의 한쪽이 허물어졌다. 나무 한 그루라도 심고 길러본 사람이라면 그리할 수 있을까.

이제는 마음을 비운다. 사람들과 부딪히는 일은 이곳에서도 계속 생겼다. 누군가는 산을 무너뜨리고 누군가는 흙을 파헤치고 누군가는 담을 쌓는다. 움직이지 않는 자연을 바라는 나의 꿈은 조금씩 무너진다. 자꾸자꾸 마음을 비워야 한다.

prussian blue
Sky blue
light ultramarine
ultramarine
Helioblue
-Reddish
dark indigo
sky blue
light ultramarine
ultramarine
Helioblue
Reddish

천천히, 느긋하게

아침 일찍 옷을 단단히 챙겨 입고 뒷산에 올라갔다. 떨어진 잎이 쌓여 산길은 푹신했다. 인기척에 놀란 고라니가 달아났다. 해가 떠오르니 식었던 땅이 살아나는 것 같았다. 꽃대에 보라색 꽃이 말라서 남아 있는 푸른 샐비어의 씨를 받았다. 말할 수 없이 고운 향기가 났다. 아직도 바람에 꽃대가 흔들리고 있는 이 꽃을 잘라내는 것이 안쓰러웠다. 자연이 만들어내는 이 모든 이야기를 내가 제대로 이해하지 못하고 있는 것은 아닌가 싶은 생각이 든다.

깊어가는 가을 뜰에서 햇빛 가득한 산을 바라본다. 볕이 따뜻하지만 공기는 차갑다. 십일월의 해는 곧 사라질 것이다. 깊은 겨울이 오고 있다는 것을 안다. 언제부터인가 이렇게 앉아 글을 적고 있으면 쿵쿵 심장이 뛰는 소리가 들리고, 설명할 수 없는 조바심이 가슴 아래에서 일어나면서 이런 정적, 이 느린 시간이 안타깝게도 내 몸을 건드리는 느낌이 들곤 한다. 정적의 시간을 견디는 힘을 잃었다. 끊임없이 바쁘게 움직여야 하는 병에 걸려 있는 것이다. 바쁘게 움직이는 습관과 아무것도 하지 않으면 불안한 심리. 이곳의 생활에 익숙해지기 위해서는 털어내야 할 습관과 생활방식인데 쉽게 고쳐지지 않는다.

수십 년 동안 몸이 체득한 것이
빨리 움직이고 많이 취득하고 결과를 확인하는 것이라,
천천히 움직이고 느긋하게 기다리는 것이
아직도 익숙지 않다.

남은 날들을 세어보는 때

자욱한 안개 속에서 눈을 뜬다. 온 마을이 안개에 묻혔다. 밤새 기온은 영하로 떨어졌고 코스모스가 결국 서리에 고개를 숙였다. 여름의 끝에서부터 그저 빈 공간을 수수하게 채워주던 꽃은 이제 자신의 시간으로 돌아갔다. 불 피운 난로에서 익숙하고 따뜻한 냄새가 난다. 사람이 사람을 만나는 일에서부터 사람이 꽃을 만나고 나무를 만나고 하다못해 물건을 만나는 일까지, 누군가 혹은 무엇인가와 인연을 맺는다는 것은 대단한 일이다.

늦게까지 달려 있던 보라색 라벤더 꽃망울도 고개를 수그렸다. 꽃이 진 산은 다시 무채색으로 돌아간다. 안개에 덮인 풍경 속에서 그림자처럼 드러나는 나뭇가지며 잎새들. 천천히, 아주 천천히 물상(物象)의 그림자는 색채를 띠기 시작한다. 가을빛으로.

난로에 불을 피워야 하는 계절, 하늘에서 내려와 대기를 내지르던 시간들이 땅으로 침잠하여 깊은 사고의 늪으로 빠져드는 계절이다. 친구들과의 따뜻한 대화가 소중하게 다가오는 그런 시간. 그러나 이제 혼자가 되어도 외롭지 않는 방법을 터득해야 한다.

내게 남은 날들을 세어보는 때.

겨울이 오고 있다

십일월의 유포리에는 서리가 하얗게 내린다. 지난밤에는 기온이 영하 구도까지 떨어졌다. 머리가 찡할 정도로 바람이 차가웠다. 앞 베란다에 나가니 지붕 왼쪽 끝에 북두칠성이 걸려 있었다. 하늘은 캄캄했지만 더없이 맑아서, 온통 총총한 별빛이 찰랑거렸다. 짐작할 수조차 없는 별들의 실체. 나는 너희가 꿈도 꾸지 못할 곳에 있다고 속삭이는 듯했다. 우주 어딘가에서 혼자 노는 별의 적막함이라니. 그 기쁨이라니. 한밤중의 하늘이 발끝까지 내려와 내 몸 또한 우주에 닿아 있었다. 가을을 보내는 온갖 것들이 점점 더 투명해지는, 그런 밤이었다.

겨울이 오고 있다. 몸으로 느낀다. 이곳에 있으면 종일 사람의 모습을 보지 않는 날도 많다. 그냥 외로이 편안하다.

밤 열두 시에 잠이 깨어 불을 피웠다. 불 앞에선 완전히 녹아버린다. 시간조차 의식되지 않는다. 일 그램의 무게도 없이 허공에 가볍게 떠 있는 듯하다.

장작 한 바구니를 결국 다 태웠다. 불꽃은 활활 타오르다가 검게 잦아들면서 조금씩 몸을 줄인다. 마지막 남은 작은 덩이의 숯은 불꽃조차 일지 않는데도 재가 될 때까지 자기 몸을 태운다. 그냥 꺼지지 않는다. 빨갛게 불덩이가 되어서 오래 천천히 잦아든다. 몇 시간 동안 불이 타는 모습을 바라보다 잠이 들었다.

#겨울

달빛을 따라 눈 덮인 산길을 걸었다

첫 수업

제본 수업 첫 시간이다. 처음으로 가르친다. 혼자 작업하기에도 부족하지만 용기를 내어본다. 무엇인가 부족하다고 느낄 때, 겸허한 마음으로 더 철저하게 준비를 하게 되는 것 같다.

지난주에 작업실 정리를 마치고 책상 위를 깨끗이 치워두길 잘했다. 하나하나 준비물을 챙기면서 작업 공간을 새로 갖추었다. 풀은 묽은 풀과 진한 풀, 이렇게 두 종류로 채워두고, 붓을 꽂을 긴 병도 하나씩 챙겼다. 꿰맬 실은 일정 크기로 자른 후 둥글게 말아 테이프로 붙여놓았다. 작업 순서에 따라 필요한 준비물을 책상 위에 가지런히 놓는다. 설명을 할 때 필요한 모든 소소한 것을 챙기고 중요한 내용은 메모해 호주머니 속에 넣어두었다. 그리고 내 첫 수업만큼의 작업을 혼자 차분히 해보면서 필요한 것을 다시 숙지하고 익혔다. 마지막으로 손을 씻고 손톱을 깨끗이 깎고 핸드크림도 발랐다. 손을 많이 쓰니까 손은 늘 정갈하게. 따뜻한 차와 간식도 챙겨놓았다. 거의 완벽하게 준비를 마쳤다. 작업실 바깥은 외등을 켜놓았는데도 너무 어둡다. 양쪽에 등을 달았으면 좋았을 것을.

수업은 신경 써서 준비한 만큼 설명도, 시범도 다 잘 진행되었다. 두 시간 수업이었지만, 세 시간 가까이 계속되었다. 시간을 좀 넘기더라도 서두르지 않고 천천히 마무리하고 싶었다. 배우는 분들보다 오히려 내가 더 많은 것을 배운 시간이었다. 이전에 느끼기 못했던 소소한 부분의 중요성을 깨닫는다. 약간 흥분된 상태여서 밤에 잠이 바로 오지 않았다.

십이월의 날들은 짧다

추운 날씨다. 난롯불은 발갛게 달아올라 타고 있다. 장작을 기술적으로 잘 쌓으면 그을음 없이 끝까지 완벽하게 탄다. 푸른 기가 도는 발간 불빛 앞에서는 바깥의 추위를 느낄 여지가 없다. 하늘엔 별이 청명하고 바람의 차가움 속에서도 온기가 느껴진다. 이곳은 겨울이 더 아름답다.

지난 몇 주는 마블링에 빠져 있었다. 잉크를 개어 카라기난 용액 위에 무늬를 만들었다. 물감의 색 종류가 많고 풍부하면 이것저것 섞어 복잡해진다. 선택권이 없을 때, 비로소 무늬에 집중할 수 있다. 마지막 개어놓은 물감이 다 소진되었을 때에야 오히려 맑고 단순한 색채의 아름다움이 나온다. 종이에 대한 탐색도 이제 끝났다. 여러 종이를 써보았는데, 물감과 용액 못지않게 중요한 것이 종이라는 걸 이제야 깨달았다. 흘러내리는 물감이 순간적으로 종이에 접착되어야 한다. 앨범을 세 겹 붙이는 작업도 이어가는 중이다. 일은 더디지만 계속해나간다.

새벽 다섯 시. 일찍 일어나 어제 작업하던 베이스 액에 다시 그 물감으로 시도해보았다. 구아검 파우더도 괜찮다. 각각의 재료는 비슷한 성질을 가지고 있지만 각각 고유한 특성이 있어서, 처음에는 의도한 결과가 나오지 않아 실패라고 생각되어도 나중에 말린 종이를 보면 오히려 특이한 무늬가 형성되어 그게 더 좋아 보일 때가 있다. 절대로 첫눈에 마음에 들지 않는다고 버리지 말아야 한다. 그 차이를 세밀하게 파악하여 내가 어떻게 그 성질을 잘 이용하느냐가 중요하다. 그래야 독특한 무늬의 종이를 만들 수 있으니까. 순간의 우연을 정확하게 잡아내기만 하면 확실하고 연속적인 결과물을 얻을 수 있게 된다.

십이월의 날들은 짧다. 근거 없는 불안은 잠재우고, 할 수 있는 것에 만족하기로 한다.

최고의 순간

십이월의 한가운데. 네 시가 조금 지났을 뿐인데도 여기 산골의 오후는 캄캄하다. 비현실적인 시공간 속으로 빠져들어 온 느낌이다. 불을 피우고 방을 데우고 간소한 저녁을 짓는다. 된장찌개를 보글보글 끓이고 담백한 손두부 몇 점을 담고 생선도 구웠다. 어둠 덮인 뜰에는 눈이 내린다. 차 한 잔, 음악과 함께 하루가 저문다.

"지금이 우리가 살아온 평생 중 가장 행복한 시간이야."

D가 말했다. 정말 그렇다. 지금이 최고의 순간이다.

필요해

집을 짓고, 그렇게 지은 집에서 살아가는 일은 참으로 오묘하게 매일의 사사로운 일들을 사람에게 다시 돌려준다. 사소한 일들이 의미를 되찾게 한다.

이 집에는 꼭 필요한 물건만 들이자고 생각해서 처음 얼마 동안은 먼지 훔치는 돌돌이로 먼지를 붙여내고 부직포 걸레로 닦아내었다. 그러다 충전해서 쓰는 간편한 청소기를 하나 사고, 옛날에 많이 쓰던 대가 긴 방 빗자루를 하나 더 샀다.

이 방 빗자루가 참 편리하고 손에 붙는다. 일단 가벼워서 좋고 아주 자잘한 찌꺼기와 먼지까지도 모두 모아준다. 이 빗자루로 몇 번 쓸면 긴 마루도 끝. 그런데 빗자루가 있으니 쓰레받기가 필요해진다. 슈퍼마켓에서 파는 플라스틱 쓰레받기 말고, 잘 만든 철제 쓰레받기를 하나 데려와야겠다. 난롯불 옆에 두기에 플라스틱 손빗자루, 플라스틱 쓰레받기, 플라스틱 물통은 모두 사절이다.

크리스마스 준비

크리스마스는 이 나이에도 참 좋은 날이다. 크리스마스 장식용 나무를 하러 산으로 갔다. 소나무 숲이 있는 그곳의 주인은 이장님인데, 마음에 드는 나무를 골라 베어가도 된다고 허락하셨다. 나무는 생각보다 무겁지 않았고 자르기도 쉬웠다. 쓰러져 있는 나무에서 가지를 좀 자른 뒤 가져와 밑동을 장작으로 채워 세웠고, 몇 개의 장식을 만들어 매달았다.

단 하루를 위한 것이라 해도 아이들에겐 얼마나 소중한 시간인가.

하늘이 흐리지 않았다면 보름이 가까워 달이 밝았을 텐데, 희끗희끗 눈이 날리기 시작했다. 마침 크리스마스 장식을 마무리했을 때였다. 구상나무 뾰족한 끝 사이로 산이 드러났다. 멀리 떨어져 아득하게 딴 세상을 사는 듯하지만 마음은 오히려 옛 시간 속을 달렸다. 편지를 쓰고 싶은 마음이었다.

예쁜 고라니 한 마리가 창밖에 가만히 서서 이쪽을 바라보고 있었다. 지난여름 보았던 그 아이인가.

눈 산책

눈이 왔다. 오후 내내 눈만 바라보고 앉아 있었다. 하루 종일 눈 내리는 풍경만 보고 있었는데도, 지루하지가 않았다. 아무것도 하지 않아도 허무하지가 않다. 밖에 나가 찬 공기를 마시자.

동지를 일주일 남긴 밤. 달빛을 따라 눈 덮인 산길을 걸었다. 흰 눈 위를 걷는 일은 힘든 줄을 모르겠다. 이 산길은 나만의 길이다. 가끔씩 고라니 발자국만 만난다.

땅속 알뿌리들은 잘 있을까? 눈이 녹으면 그 물을 들이켜 젖은 마음으로 봄을 준비하겠지. 라벤더는 봄에 싹을 틔울까? 얼어 죽지는 않았을까? 들인지 이 년 된 라벤더가 뿌리까지 다 죽지는 않았을까 궁금하여 견디질 못하겠다.

십이월 삼십일 일

하루 종일 달력을 만들었다. 한 해가 넘어가는 시각에 달력의 날들을 열 지어 맞추었다. 그리운 것들도 결국은 아무것도 아닌 것처럼 사라져버리겠지.

달은 휘영청 밝고 하얀 눈이 그 빛을 받아 더 맑게 빛나는 한 해의 마지막 밤이었다.

연필 깎기

새해 첫날 연필을 깎았다. 그렇게 좋은 기분은 아니었다. 전날 밤 눈 덮인 길을 달빛이 밝게 비추고 있었는데 그걸 함께 즐기지 못해 기분이 틀어져버린 거다. 다시 한 번 우리 둘의 관계를 생각해본다. 어쩔 수 없는 차이. D가 끊임없이 국제 정세에 대해 이야기한다 해도 그냥 그러려니 하고 들어 넘겨야 한다. 이 사람의 입장에서는 이 추운 겨울날, 한밤중에 눈길을 밟으며 달 보러 나가자고 하는 여자가 이상한 거다. 그냥 이 선에서 모든 것을 받아들이기로 한다. 게다가 낮부터는 기침을 하기 시작한다. 내가 졌다. 다른 이들에게 나와 같은 감상을 요구하지 않기로 한다. 내게는 대단히 중요한, 삶에서 가장 빛나는 순간이지만, 모두에게 그런 것은 아니라는 걸 항상 명심해야지.

있는 연필을 다 모아 연필깎이에 넣고 돌려 깨끗하게 깎았다. 뾰족한 연필로 글을 쓴다. 사소하고 고요한 순간. 이런 때가 가장 좋은 때가 아닐까 생각한다. 기쁜 소식이 들려올 것이라는, 바라던 일들이 결국은 이루어질 것이라는 막연한 기대를 하지만 그것에 크게 매달리지는 않는다. 어떤 힘든 일이 있더라도 견디겠다는 단단한 마음이 온몸에 배어 스스로에게 힘을 주는, 그런 매일매일이 되게 하소서, 기도한다.

서설(瑞雪)

해 뜨기 전부터
눈이 내렸다. 새해 처음으로 내리는 눈. 올해는 이 눈빛만큼이나 고운, 그리고 아름다운 날이 펼쳐지기를 기대한다.

삶은 되돌아보면 참 심플하다. 복잡할 이유가 없다. 그저 순리를 따라 사는 거다. 그러나 한편으론, 내 어린 시절의 어느 때에 이 세상 밖 저 멀리로 나아갔었더라면, 하는 아쉬움이 남는다. 헛된 웃음을 짓는다.

나무를 그리다

한겨울의 황량함 속에서도 뜰은 안온하다. 추운데 따뜻한 느낌. 보름을 며칠 앞둔 낮달이 하얗게 동편에 떠 있다. 다섯 시. 동쪽 산은 넘어가는 서편 햇살을 받아 발갛게 물들고, 어둠의 그림자가 강 아래에서부터 서서히 위로 올라온다. 집집마다 하얀 연기가 피어오른다.

다섯 장의 카드지에 나무를 그렸다. 처음으로 진지하게, 세밀하게 나무를 그렸는데, 신기하게도 나무가 되어 나타났다. 기적 같은 일이다. 있는 그대로 종이에 옮겼을 뿐인데. 보는 눈이 정직해진 것인가.

꾀부리지 않고 꼼꼼히, 겸손한 마음으로 나무를 그렸다.

땅속엔, 봄

산골의 겨울은 혹독하지만 볕이 조금만 따뜻해도 금세 봄이 느껴진다. 땅은 생명을 깊이 감추고 있어서 언제나 살아 있고, 이 차가운 겨울 날씨 속에서도 항상 그 생명을 밖으로 내보낼 준비를 하고 있는 것 같다. 마른 풀 사이로, 언 땅에 바싹 엎드려 서리를 온몸으로 맞고 있는 초록색과 흑갈색의 풀들이 보인다. 날씨가 풀리면 제일 먼저 피어날 것들이다. 땅속 뿌리식물의 숨소리도 들리는 듯하다.

바깥 기온이 따뜻하니 난로에 불이 덜 타오르고, 공기구멍을 막으면 연기가 앞으로 나온다. 영하 육 도 정도 될 때에는 꽉 닫아놓아도 불이 파랗게 피어오르며 장작이 절로 탔는데. 이 또한 자연의 이치인가.

손목이 아프던 날에

길이 잠들었었

고 개운하다. 호시노 미치오의 책 『여행하는 나무』에는 '봄 소식'이라는 제목의 글이 있다. 카리부 사슴의 탄생과 죽음에 관한 이야기로, 생명의 강인함과 생명의 연약함에 대한 글이다.

우리도 자연의 일부이다. 그러므로 우리 인간에게도 강인함과 연약함이 동시에 존재한다. 호시노는 이 연약함 때문에 자연과 알래스카를 좋아한다고 했다. 다친 작은 방울새를 영하 육십 도 이하의 자연으로 돌려보내는 일. 이것이 우리가 자연과 살아가는 방법이고 자연이 인간을 키우는 방법이다. 결국엔 스스로 소멸할 나 자신의 길이기도 하다.

남아 있는 나날을 온통 강인함에 대한 강박과 더 가지고 싶은 욕심에 기대어 살아간다면 끝내는 그 하나하나를 놓아야만 하는 박탈감 때문에 괴로워하게 될 것이다. 이것이 흔한 노년의 모습이다. 그 마음을 놓고 내 몸도 그냥 허허로이 바람 속에 맡겨 날려 보내는 것. 그것이 내가 선택할 수 있는 소멸의 길이라 생각한다. 손목의 통증도 자연현상일 뿐이다.

과제

아주 조금 전,
바로 몇 초 전에 반짝했던 생각이 사라지고 기억나지 않는다. 안타깝지만 할 수 없다. 아! 생각났다.

'발밑의 계단을 조심하라.'

한 걸음 한 걸음 조심하라. 한 걸음 한 걸음이 소중하다. 보폭을 줄이고 서두르지 말자. 조그만 돌부리에도 넘어지기 쉽다. 마음만 급해서 움직이다 계단 끝에 걸려서 넘어지는 수가 많다.

우리 몸의 일부분이 그 수명을 다하여서 기능을 멈췄을 때, '아 이제 다 됐구나. 내일부터 쉬어야지.' 이렇게 생각하게 되면 오히려 쉬우련만, '이제 이 일도 할 수가 없게 되었구나.' 하고 우울해하고 슬퍼하는 것이 문제다.

말로는 늙음과 죽음을
초연하게 받아들이겠다고 하면서도
실제로는 받아들이기가 쉽지 않다.
오히려 집착이 시작된다.
그 세세한 상실감을 하나씩 바로 인정하고
받아들이려고 노력하는 것이 지금부터의 과제이다.

눈밭을 걸으며

푹 자고 일어났는데 눈이 내리기 시작한다. 원주에 가려고 준비하다가 그냥 집에 있기로 했다. 아랫마을에서 올라오는 길 위로 마을 노인 몇 분이 걸어온다. 정지된 마을 풍경 속에서 그들만 작게 움직인다.

이 시간들이 언제 어떻게 정지할지 모른다는 생각이 항상 떠나지 않는다. 이렇게 추운 겨울날 혼자 있게 된다는 생각을 하면 약간 두려워지기도 한다. 두 사람이 함께 있다는 건 좋은 일이고 참 따뜻한 일이다.

눈이 그친 오후, 옷을 따뜻이 갖추어 입고 뒷산을 산책했다. 눈 덮인 길을 걸으니 평상시보다 일 점 오 배 정도는 힘이 더 드는 것 같았다. 공기는 그리 차지 않았다. 톡 쏘듯이 산뜻하고 깨끗했다. 깊이 들이쉬고 내쉬니 가슴속 모든 찌꺼기가 씻겨 나가는 것 같았다.

내려올 때는 밭두렁을 타고 걸었다. 눈 덮인 감자밭을 걷다가 미끄러지다가 굴렀더니 몸이 더워져 추운 줄도 몰랐다. 햇빛을 받은 눈은 여러 빛깔로 빛났다. 은빛으로 반짝이다 황금빛으로 빛나기도 하고, 그늘에선 보랏빛으로 잠잠해졌다.

아무도 몰래

하루 종일 난로에 장작불을 태우면서 하얗게 눈 덮인 바깥 세상에 둘러싸여 조용한 하루를 보냈다. 보름이 가까워 오면서 일찌감치 동쪽 금당산 위에 낮달이 떠올랐다. 밤이 깊어지자 하얀 눈밭 위를 온통 그 시린 빛으로 감싼다.

절실하게 맞닥뜨리고 있는 그대로 느낄 것이다.
어느 누구도 아닌 오로지
자기 자신에게 묻고 답하고,
순간순간을 몸으로 받아들이면서
이 고요한 공간 속에서 즐거움을 느낄 수 있다면,
남아 있는 날들이 무의미하지만은 않을 것이라 생각한다.

서쪽 창 높이 달이 떠 밖으로 나를 불러낸다.

잠자는 시간을 아주 잠시만 미루고 달빛을 맞는다.

하얀 눈, 달빛. 혼자 즐긴다.

아무도 몰래 좋아한다.

눈 속에 발이 푹 빠진다.

장 담그던 날

바람이 따뜻해졌다. 땅이 녹고 있다. 발아래를 보니 수선화 싹이 땅을 뚫고 나와 있었다. 겨우내 조마조마하며 걱정했던 튤립의 빨간 새순도 하늘을 향해 빼꼼 솟았다. 아, 이 여린 식물들이 온몸으로 혹한을 견뎌내고 있었구나. 갑자기 가슴이 뭉클해졌다.

친구와 통화를 했는데,
봄이 온다고 생각하니 약간 슬프다고 한다.
그 마음이 뭔지 나도 잘 알지만,
봄을 맞이하는 나의 뜰에는 슬픔이 머물 자리가 없다.

우연히 날을 잡았는데 오늘이 장 담그는 말날이라네. 바람은 살랑살랑 볕도 좋다. 증도에서 온 함초소금을 물에 풀었는데 그 안으로 푸른 하늘 구름이 함께 녹아든다. 겨울에서 봄 사이. 물소리가 마음의 먼지들을 다 털어버릴 기세로 청청하다.

올해 장맛은 맑고 깊겠다.

집을 짓는다는 것은 집의 물성, 그 형체를 세운다는 뜻만은 아니다. 집을 지어 사는 삶 그 자체를 생각하는 일이다. 정원을 가꾸는 일 또한 그러하다. 아름다운 꽃과 나무를 심고 바라보는 것만을 의미하지 않는다. 씨를 뿌리고 싹이 나고 잎이 돋아나 무성해지고 자라나는 일, 봉오리를 맺고 꽃이 벌어질 때의 경이로움과 가을날 스러져가는 꽃들의 쓸쓸함까지도 함께 지켜보는 일, 잎을 떨구고 앙상한 가지로 겨울 눈보라를 견뎌내는 나무의 삶을 느끼며 내 삶의 기쁨과 슬픔, 고뇌에도 흔들림 없이 살아가는 것, 이 모든 이야기와 다짐이 땅과 씨앗에서 비롯됨을 아는 일이다.

가을 뜰에서 한낱 풀의 생애도 찬란했음을 생각한다. 햇살은 어느 곳에서나 퍼붓고 스며들어, 들꽃 잎새 하나하나에도 찬사가 내려앉는 듯하다.

이 산골에서의 삶은 흙, 바람, 비, 구름, 어느 누구와도 친구 하지 않을 수 없다. 하여 다가오는 겨울도 분명 축복의 시간임을 나는 안다. 바깥일의 수고로움에서 벗어나 비로소 깊은 잠을 자게 될 것이다. 무쇠난롯불 따뜻하게 땔 수 있는 장작을 차곡차곡 쌓아두고 오래된 두툼한 털 스웨터나 꺼내 놓아야겠다.

이 겨울도 아름다울 것이다.

집의 일기

글·사진 박성희

초판 1쇄 발행일 : 2023년 2월 10일
초판 2쇄 발행일 : 2023년 3월 28일

발행 : 책사람집
디자인 : 오하라
인쇄 및 제작 : 세걸음

표지와 본문 34, 116, 214쪽 사진은
진효숙 작가의 작품입니다.
instagram.com/chinhyosook_official

ISBN 979-11-978794-1-8 03810

책사람집
출판등록 : 2018년 2월 7일
(제 2018-000269호)
주소 : 서울시 마포구 토정로 53-13 3층
전화 : 070-5001-0881
이메일 : bookpeoplehouse@naver.com
인스타그램 :
instagram.com/book.people.house/